Né le 13 juin 1888 à Lisbonne, Fernando Pessoa passe son enfance à Durban. De retour au Portugal en 1905, il exerce divers métiers : typographe, critique littéraire, traducteur. Il fonde en 1915 la revue *Orpheu.* Méconnu de son vivant, il laisse une œuvre inédite considérable, écrite sous différents pseudonymes. Il est mort à Lisbonne le 30 novembre 1935.

ENFIN QUARESMA VINT...

La pensée doit partir de l'irréductible.

FERNANDO PESSOA

Lorsque Fernando Pessoa disparaît, en 1935, à l'âge de quarante-sept ans, il n'est connu que dans les milieux littéraires portugais d'avant-garde. Ses publications sont modestes : trois plaquettes de poèmes de jeunesse en langue anglaise, quelques textes dans des revues et un mince livre de poèmes, *Message*, recueil épique et mystique qui lui a valu l'année précédente un deuxième prix de propagande nationale, et qui fera par la suite couler beaucoup d'encre… aux couleurs contradictoires. Il laisse une malle « pleine de gens », selon l'heureuse formule d'Antonio Tabucchi, c'est-à-dire pleine de textes écrits par lui, mais signés d'une quantité d'auteurs différents, « dont chacun correspond à une cohérence partielle ou possible de son être », comme l'explique son exégète Robert Bréchon ;

il a inventé pour chacun une biographie, une personnalité, une écriture, et parfois même ils polémiquent entre eux. Ce sont ses fameux hétéronymes, auxquels il convient d'adjoindre deux semi-hétéronymes, parce que plus proches de lui, surtout Bernardo Soares, l'auteur du prodigieux *Livre de l'intranquillité*, et aussi l'orthonyme Fernando Pessoa, qui signe des écrits de son nom.

C'est ce dernier qui, à la veille de sa mort, hésitait entre publier un grand livre de poésie ou une nouvelle policière encore inachevée faisant partie d'un recueil médité et partiellement élaboré au fil des ans, pour lequel il avait trouvé un titre une vingtaine d'années plus tôt et même rédigé une préface. Il a fallu attendre longtemps avant que ces textes soient publiés parce que, parmi les quelque trente mille documents que contenait la fameuse malle, les éditeurs, chercheurs et traducteurs se sont principalement intéressés à sa prodigieuse œuvre poétique. Les publications, en 1953 et en 1976, de quelques fragments des nouvelles policières, repris dans les éditions des *Œuvres en prose* du prolifique écrivain, sont donc passées pratiquement inaperçues, et ce n'est que très récemment, en 2008, qu'a vu le jour au Portugal une édition critique d'Ana Maria Freitas intitulée *Quaresma, decifrador*, comme l'avait prévu l'auteur. Dans sa préface, Ana Maria Freitas donne un éclairage intéressant sur le travail minutieux auquel ont dû se livrer les chercheurs pour rassembler tous les fragments des diverses nouvelles, les déchiffrer, les assembler, les organiser selon un ordre logique, en refaisant « le parcours de l'imagination de [leur] auteur ». La tâche n'était pas mince car la plupart des fragments étaient manuscrits ; or, l'écriture de Pessoa est parfois illisible, et il écrivait sur tous les bouts de papier qui lui tombaient sous la main. Par ailleurs, aucune des nouvelles n'a été achevée, et il a fallu les reconstituer en tenant compte des « trous » possibles.

Ces nouvelles, et d'autres, Pessoa les a donc écrites par petits bouts, tout au long de sa vie d'écrivain. Il a commencé à en écrire en anglais à Durban, en Afrique du Sud, où il a vécu de l'âge de huit à dix-sept ans. Passionné de littérature, il ne dédaignait pas le genre mineur que constitue la littérature policière, pour laquelle il montrait un goût très vif qu'il avouait volontiers ; « Parmi le nombre d'or réduit des heures heureuses que la vie me permet de passer, je compte comme ayant appartenu à la meilleure année celles où la lecture de Conan Doyle ou d'Arthur Morrison m'a fait porter ma conscience sur mes genoux », écrit-il notamment. Son intérêt l'a même conduit à s'atteler en 1905 à un essai, *Detective Story*, jamais terminé lui non plus, dans lequel il s'intéressait aux caractéristiques du genre et donnait ses appréciations sur un assez grand nombre d'auteurs. Parallèlement, il écrivait des *Detective Stories*, devenues par la suite *Tales of a Reasoner*, dont l'auteur aurait été un certain Horace James Faber, et dont la figure principale était un détective infaillible, un ex-sergent du nom de William Byng, alcoolique, raisonneur, inapte à la vie quotidienne, tout comme le seront et le véritable auteur, qui mourra d'une cirrhose, et le personnage central des nouvelles policières écrites en portugais, Abílio Quaresma.

C'est ce dernier qui fera l'unité du recueil conçu par l'écrivain, qu'il signe de son nom et intitule *Quaresma, déchiffreur*, mettant ainsi l'accent davantage sur l'homme qui dénoue les intrigues que sur les histoires elles-mêmes. C'est sans doute pour cette raison qu'il a particulièrement soigné la préface au recueil dans laquelle il présente Quaresma, « médecin non praticien » amateur de charades, d'échecs et de casse-tête de toute sorte, comme un de ses amis qui vient de mourir en 1930, « un être vraiment exceptionnel » chez qui « [l]a clarté mentale a touché […] au délire ». Comme il déplore que son génie n'ait pas été reconnu, il décide de publier le récit des affaires criminelles, qu'il qualifie d'« aventures intellectuelles », dans lesquelles le raisonnement du docteur Quaresma a été « l'Œdipe d'un sphinx criminel ». Poursuivant dans sa fiction, le préfacier associe à sa tâche « le commissaire Manuel Guedes, de la police criminelle, vieil ami de Quaresma lui aussi », doté d'une « stupéfiante mémoire » qui lui permet de rassembler toutes les données nécessaires à la reconstitution des affaires contées. Toute la préface est donc consacrée à l'éloge de Quaresma, et il n'est jamais fait allusion aux affaires qu'il a résolues, sauf pour préciser qu'il « est apparu pour la première fois modestement dans *L'affaire Vargas*, célèbre à l'époque, qui marqua sa rencontre avec le commissaire (alors inspecteur) Manuel Guedes ».

Pessoa se plaît par ailleurs à dépeindre Quaresma à plusieurs reprises, dans sa préface et dans plusieurs de ses nouvelles, en attirant l'attention sur son allure physique des plus médiocres. « C'était, au sens le plus péjoratif du terme, un être insignifiant », déclare-t-il notamment. On ne peut s'empêcher de penser à Pessoa lui-même, dont Bréchon dit qu'il « était un citadin d'apparence ordinaire ». Tous deux se distinguent cependant par leur génie, dont ils sont d'ailleurs conscients. Pessoa s'annonçait tel un « super-Camoëns » ; Quaresma affirme tranquillement qu'il trouve toujours la solution des problèmes qui se présentent à lui, et cela souvent sans même quitter son fauteuil. Tout comme les auteurs inventés par Pessoa, il a quelque chose de son créateur, mais porté à l'extrême. Outre d'autres particularités, déjà signalées, dans le cas de Quaresma c'est le raisonnement, auquel il s'adonne exclusivement, comme le précise le préfacier : « Mentalement, aucune originalité, aucune imagination, mais une seule et unique chose, celle-là absorbant toute la substance de son âme… Un raisonnement froid et fluide qui parvenait à contourner les aspérités de la réalité en les dessinant, presque involontairement, d'un trait léger. » C'est par ce raisonnement que

Quaresma résout toutes les énigmes posées par les affaires relatées dans ses nouvelles.

Celles annoncées dans la préface sont au nombre de douze. Toutes sont donc inachevées, mais neuf d'entre elles présentent toutefois une intrigue et un déroulement satisfaisants, et l'une d'elles se réduit pratiquement à l'exposé de l'énigme, la disparition inopinée d'un homme, et sa résolution par Quaresma, qui fait allusion à des faits que l'on ignore et dont on peut penser qu'ils semblent moins importants à l'auteur que la démonstration du « déchiffreur ». L'une d'elles, « L'affaire de la chambre fermée », peut rappeler « Le mystère de la chambre jaune » de Gaston Leroux, une autre, « La lettre magique », Edgar Allan Poe, que Pessoa appréciait tout particulièrement. Toutes, moins une, se situent à Lisbonne, dans les quartiers chers à l'écrivain, qui n'a pratiquement jamais quitté sa ville natale depuis son retour de Durban.

Comme les plans de publication de Pessoa ont varié, il est impossible de savoir quelles nouvelles il projetait de publier, et dans quel ordre. On ignore aussi quelle était celle qu'il annonçait en 1935 : on suppose qu'il s'agit de « L'affaire Vargas », la plus longue, la plus complète de toutes, sans doute l'une des dernières auxquelles il ait travaillé, et, on l'a vu, la première où apparaît Quaresma. Organisée en dix-sept chapitres, elle est constituée de cent quatre-vingt-dix-sept documents, manuscrits pour la plupart ; l'édition critique indique les mots douteux qu'il a fallu deviner, ainsi que des variantes pour certains mots ou certaines expressions, que nous ne retenons pas dans la version française. La séparation entre les fragments est marquée par des sauts de ligne, parfois accompagnés d'un astérisque. Pour faciliter la lecture, nous avons mis bout à bout des petits fragments qui s'enchaînent parfois au milieu d'un chapitre, et nous avons aussi supprimé quelques doublons indiqués par des crochets […] à l'instar des passages manquants.

Sur les quinze chapitres qui devaient constituer « L'affaire Vargas », treize seulement sont offerts au lecteur, deux autres ne comportent que deux pages, et quelques autres sont manifestement incomplets, comme le donne à penser le résumé précédant chaque chapitre, qui nous donne une information imparfaite mais utile. Cela ne nous empêche pas malgré tout de suivre le déroulement des faits et de l'enquête, même si certains points demeurent obscurs. On aimerait en savoir un peu plus long sur les plans du commandant Pavia Mendes, dont on est amené à se demander s'ils sont là pour nous mettre sur une fausse piste, et sur une « affaire de fausse monnaie à Porto », dont nous fait part le résumé du chapitre V, affaire dont on se dit qu'elle pourrait être liée à l'affaire principale, et qui est peut-être développée dans le chapitre XIV, curieusement intitulé « Morue à la sauce Guedes » et privé de résumé. On aimerait également connaître le développement de Quaresma en ce qui concerne l'« application du procédé historique », simplement annoncé en tête du chapitre XII. Mais, dans l'ensemble, nous en savons suffisamment sur cette affaire où Quaresma « vint dévoiler l'un des cas psychologiques les plus complexes aux- quels la réalité ait pu donner naissance », comme Pessoa le qualifie dans sa préface.

C'est en effet cela qui l'intéresse, semble-t-il, et toute l'affaire en est une démonstration. Dans un premier temps, l'exposé des faits, et l'enquête qui s'ensuit, adopte une démarche classique dans un récit policier ; le récit est vivant, les person- nages bien campés, les dialogues nombreux et enlevés, et le mystère demeure entier jusqu'à ce qu'intervienne Quaresma au moment même où l'affaire est classée, comme nous l'apprend le résumé du chapitre VII. Notons que l'exposé de sa méthode constitue presque la moitié du texte dans son ensemble, et que les aveux du criminel confirment son analyse en remettant un peu plus de vie dans le récit. Remarquons, au pas- sage, que la victoire finale n'est due qu'à une ruse imaginée par Quaresma en tenant compte de l'état psychologique du suspect, une ruse ren- due obligatoire par les insuffisances du système judiciaire, largement soulignées. Mais l'affaire Vargas présente avant tout un « cas psychologi- que », et Quaresma développe ses idées sur la question dans un très long chapitre, qui occupe presque un tiers de la nouvelle. La « psychologie pathologique », qu'il aborde également dans une autre de ses nouvelles policières, était l'une des grandes préoccupations de Pessoa, qui s'était beaucoup penché sur le sujet car il craignait de devenir fou comme l'avait été l'une de ses grands-mères. Mais cette affaire est aussi un duel d'intelligences, ainsi que l'indique la réflexion du coupable à la fin de la nouvelle, en se trompant sur un point : « Je ne crois pas que le docteur Quaresma, qui a eu l'intelligence de me deviner, aurait eu, sans que je le veuille, l'intelligence de l'emporter sur moi. » Et c'est cela sans doute, cet affrontement de deux esprits supérieurs, qui fait tout l'intérêt de ce récit.

MICHELLE GIUDICELLI

L'AFFAIRE VARGAS

CHAPITRE I

Mort sur le chemin

Qui commence par l'apparition de Custódio Borges à
Benfica et finit par son arrivée et celle de Pavia Mendes
près du corps de Vargas, et la déclaration du policier
présent selon laquelle il s'agirait d'un suicide.

Dans la matinée du 12 février 1907, encore très
tôt, pas pour le jour, mais pour les habitudes de
Lisbonne, apparut sur la route de Benfica, avec
un air nettement soucieux, un individu jeune,
enfin, pas très jeune, de taille moyenne et au teint
pâle, plutôt maigre, qui demanda, au poste de
police qui se trouvait là, l'adresse de l'officier de
marine Pavia Mendes. Au poste de police on ne
le savait pas au juste, mais l'un des agents avait
l'impression, sans se souvenir comment, qu'un
commandant Pavia Mendes, ou quelque chose
de ce genre, habitait un peu plus haut, du côté
droit, précisément sur la route de Benfica.

Le demandeur s'empressa de remercier et
remonta la rue d'un pas pressé. Plus loin, dans
une épicerie qui était en train d'ouvrir — il était

un peu plus de sept heures et demie — il reposa la même question. L'épicier ne savait pas.

Un laitier qui passait, et sur qui le jeune homme transféra sa demande, s'arrêta, demeura sur place, et confirma. Le numéro de la porte, il ne le connaissait pas, mais le capitaine de vaisseau Pavia Mendes habitait un peu plus haut sur la droite, une maison blanche de plain-pied, devant un petit jardin public, et avec un portail en fer à côté de la clôture donnant sur le jardin. On ne pouvait pas se tromper. Il n'y en avait pas d'autre de cette couleur, du moins avant qu'on n'arrive à celle-là, qui eût le même aspect. La première maison à droite, de plain-pied, avec un portail à côté, etc.

L'inconnu le remercia chaleureusement et se remit en route d'un pas rapide dans la même direction. À environ cent mètres de là il trouva la maison qu'on lui avait indiquée. Il regarda par-dessus le portail en fer et ne vit personne dans le jardin. Il se dirigea vers la porte principale, qui donnait sur la rue. Là, il s'arrêta, comme s'il hésitait ; il sortit sa montre, et vit qu'il était huit heures moins le quart. Il hésita encore, sans doute parce qu'il était très tôt. Finalement il se décida et frappa à la porte.

Une servante apparut, d'un certain âge, qui regarda d'un air passablement surpris le nouveau venu. Elle vit un homme encore jeune, plutôt maigre, de taille moyenne et au teint pâle ; elle vit aussi qu'il semblait être soucieux.

— Est-ce que c'est ici qu'habite le comman-

dant Pavia Mendes ? demanda l'homme précipi-
tamment.

— Oui, monsieur, c'est ici qu'il habite.

— Et… est-ce que je pourrais lui parler ?…
Excusez-moi… Que monsieur le commandant
veuille bien m'excuser. Je sais que ce n'est pas
une heure pour venir chez les gens, et encore
moins chez quelqu'un qu'on ne connaît pas.
Mais il est urgent, il est très urgent que je lui
parle… Il doit être debout.

Et, comme la femme, hésitante, murmurait :
« Debout, oui, justement, il l'est, parce qu'il a travaillé dans son bureau toute la nuit… Mais… »,
il ajouta :

— S'il vous plaît, dites-moi une chose. Est-ce
qu'un de nos amis du nom de Carlos Vargas a
dîné ici hier soir ?

La femme éleva la voix et, d'un air encore un
peu stupéfait :

— Oui, monsieur, il a dîné ici, oui… Quelqu'un de grand, de fort…

— C'est cela, c'est cela même, c'est bien lui.
Mais, dites-moi s'il vous plaît, il n'est pas resté
ici cette nuit, il n'a pas passé la nuit ici ?

— Passé la nuit ? ! s'exclama la femme. Non…
Il est parti très tard, vous savez… j'étais déjà cou-
chée et c'est Monsieur qui l'a raccompagné
jusqu'à la porte ; je me souviens d'avoir entendu
la porte s'ouvrir. Il devait être plus d'une heure.

— Oh ! Mon Dieu ! s'écria à son tour le nouveau venu. Qu'a-t-il pu arriver ?

Inquiète, la servante dit :

— Je vais appeler Monsieur.

Là-dessus, de l'intérieur, une voix d'homme, suivie de près par le maître de la voix lui-même, intervint, un peu rudement : « Qu'est-ce qui se passe, Teresa ? »

La servante se retourna, au moment même où émergeait d'une pièce du fond un homme grand, mince mais robuste, portant un vieux pardessus sur son vieux pantalon et chaussé de mules, qui avait l'air de quelqu'un de mal réveillé.

— C'est un monsieur qui demande après ce monsieur qui était là hier, Monsieur.

— Comment ? Comment ? dit le maître de maison, en s'avançant rapidement.

Puis, s'avisant dc la façon dont il était habillé, il dit :

— Entrez, je vous prie. Veuillez excuser ma tenue ; j'ai travaillé toute la nuit.

Puis, fébrilement :

— De quoi s'agit-il ?

— Je vais vous l'expliquer, dit le nouveau venu, faisant quelques pas en direction du commandant. Je suis un vieil ami de Carlos Vargas, qui, je crois bien, a dîné ici hier soir.

— En effet, dirent simultanément le maître de maison et la servante.

— Il m'a promis, pour une raison importante qui me concerne, d'être à la maison, chez lui ou chez moi — j'habite tout près de chez lui — vers minuit et demi ou une heure du matin. Je vais vous donner davantage d'explications…

— Venez par ici, dit le commandant.

Puis, écartant la servante, qui, curieuse, était restée, il fit entrer le visiteur dans un petit salon, et referma la porte.

— Je vais vous expliquer, et je vous demande par avance de bien vouloir m'excuser de vous déranger. Mais ma démarche n'est pas seulement motivée par le tracas que cela me cause ; elle est aussi due au souci que je me fais, au souci que je me fais pour Vargas... Il devait me donner une certaine somme d'argent...

— Je le sais parfaitement, l'interrompit le commandant ; il se trouve que, hier, quand il a pris congé de moi il m'a dit : « J'aimerais bien prolonger cette conversation, mais j'ai un ami qui m'attend chez moi, et je dois lui remettre de l'argent pour qu'il aille demain matin à Porto... »

— C'est cela même. C'est moi qui l'attendais.

— De sorte qu'il a pris congé de moi pour cette raison. Mais il n'aurait pu être là-bas ni à minuit ni à une heure, car quand il est sorti d'ici il était déjà une heure et demie.

— Oui, oui, tout cela est fort bien, je l'attendais là-bas, je l'attendais en faisant les cent pas dans la rue. Mais ce qu'il y a de pire c'est que jusqu'ici, c'est-à-dire jusqu'à l'heure où je suis parti de Campo de Ourique, c'est-à-dire à six heures et demie, il n'était pas encore rentré chez lui... Or, il avait la manie de prendre des chemins impossibles, et c'est pourquoi je crains qu'il n'ait... Je me demande bien ce qui a pu lui arriver.

Le commandant Pavia Mendes parut soudain bouleversé.

— Oui, et si je me fais du souci, je vous le dis en toute sincérité, c'est pour lui. Carlos Vargas pouvait avoir tous les défauts, mais jamais il n'aurait laissé un ami aux abois. Il ne m'aurait pas fait faux bond s'il ne lui était rien arrivé. Sauf s'il n'avait pas eu l'argent, mais alors il serait venu le dire... — Mais il l'avait, vous savez. Il devait l'avoir. Il a dit : « Je vais vous apporter de l'argent. » Il parlait comme quelqu'un qui l'a sur lui... C'est donc cela ; c'est bien cela. J'ai fini par me dire qu'il avait dû rester ici, qu'il avait dormi ici chez vous parce que votre conversation s'était beaucoup prolongée. Cela ne me paraissait pas probable, mais enfin...

L'officier de marine le coupa :

— Il n'a pas dormi ici, non. (Et soudain, il fit un geste [...]) Et puis, il avait mes plans avec lui !...

— Comment ? Vos plans ?

Pavia Mendes se prit convulsivement la tête entre les mains.

— Oui. Les plans de mon sous-marin...

Le visiteur le regarda, abasourdi.

— Les plans de votre sous-marin ? Quoi ? Il avait sur lui, à cette heure de la nuit, des documents importants de cette nature ? Oui, j'imagine qu'il s'agit d'une invention, ce qui est différent, n'est-ce pas ?...

— Cela même, cela même, et d'une invention

des plus importantes... dit l'autre d'une voix ensommeillée.

— Oh ! Mon Dieu ! Mais quel chemin a-t-il bien pu prendre pour se rendre d'ici à Campo d'Ourique ?

— Il m'a dit qu'il prendrait le chemin da Bruxa — da Bruxa —, qui était le plus rapide, qu'il n'avait rien à craindre parce qu'il était armé ; il m'a même montré le pistolet qu'il avait sur lui.

— Le chemin da Bruxa ? Oh ! Mon Dieu ! Voilà qui est de bien mauvais augure... Où se trouve le chemin da Bruxa, et qu'est-ce que c'est que ce maudit chemin qui va d'ici à Estrela ?

— C'est plus bas, pas très loin, avant d'arriver au poste de police. Comme chemin c'est rapide, mais... Écoutez, pouvez-vous m'attendre quelques instants ? Je vais me préparer, je n'en aurai pas pour longtemps, et nous irons aux nouvelles. J'ai presque le pressentiment d'un accident, d'un malheur... Un instant... Je ne sais même pas ce que je pressens.

*

... Quelle peut bien être la canaille qui ?...

— Ne l'insultez pas, dit le policier. Ce n'était pas une canaille.

— Comment ? s'exclama Borges, d'un air stupéfait.

— C'est lui-même qui s'est tué, dit l'agent en désignant le corps.

— Lui-même ? Lui… Sapristi, s'écria l'autre, avec vivacité et fureur.

L'agent se tourna vers l'ingénieur naval.

— Un suicide, sans aucun doute…

— Un suicide ?

La stupeur de Pavia Mendes était égale à celle de Borges.

— Mais c'est impossible, dit Borges, d'une voix moins assurée. Quelle raison pouvait-il bien avoir de se suicider ? Il n'en avait pas la moindre…

— Vous en êtes certain ? répliqua le policier d'une voix un peu sèche.

— Que je sache… atténua l'autre, confus. (Puis sa voix se raffermit.) Mais qui donc choisirait un chemin pour aller se suicider ?

— Et mes plans ? demanda Pavia Mendes.

L'agent haussa les épaules.

— Ce que je *sais*, c'est qu'il s'est suicidé. Je vous le garantis absolument, messieurs. Il a exactement la position, […] l'attitude du lieutenant Vieira, de mon régiment, qui s'est suicidé en se jetant dans le Kwanza[1]. Ses raisons, je ne les connais pas, j'ignore tout aussi de ce qui concerne ces plans, mais, vous savez (et il se tourna vers Borges), il n'y a pas que les plans qui manquent… Il n'a rien dans les poches.

— Et alors ? demanda Borges.

— Alors le cas est plus simple — beaucoup

1. Il doit s'agir du Kwanza, fleuve d'Angola, alors colonie portugaise.

plus simple que s'il ne manquait que les plans. Il s'est suicidé. Quelqu'un est passé par là et l'a trouvé mort. Il a gardé le secret pour ne pas se compromettre, mais il lui a vidé les poches.

— Ce n'est pas improbable, réfléchit à haute voix Pavia Mendes. Et, d'une certaine façon, c'est plus rassurant pour moi.

— Pourquoi ? demanda Borges.

— Parce que les plans, dans les mains d'un voleur ordinaire, ou de quelque chose de ce genre, ne sont que de simples papiers. Dans les mains de quelqu'un qui aurait voulu s'en servir, ils représenteraient autre chose.

— Cela est vrai, dit le policier, et Borges acquiesça d'un hochement de tête.

— Mais un suicide ! s'exclama Borges. Un suicide !… Voilà qui est mille fois plus mystérieux qu'un assassinat.

Le policier haussa les épaules.

*

— Vous savez, Borges, dit le commissaire, maintenant il n'y a plus le moindre doute.

— À quel sujet ?

— Au sujet du suicide. On a vérifié le numéro du pistolet sur le talon de la licence de port d'arme de l'administrateur du quartier. C'est bien le numéro de celui-ci… (et il désigna le pistolet).

— C'est extraordinaire…

— Vous savez, monsieur, c'est ce à quoi je

m'attendais... Vous n'allez tout de même pas me dire que le mort a sorti le pistolet de sa poche et l'a tendu à quelqu'un d'autre pour qu'il le tue ?

— Certainement pas, l'interrompit Pavia Mendes. Dans ce cas il voulait mourir, et il s'est tué lui-même tout bonnement. À moins qu'il n'en ait pas eu le courage... Il y a des cas où...

— Non, du courage, il n'en manquait pas...

— Ah ! dit-il au bout d'un moment, quelqu'un a entendu des coups de feu.

— Des coups de feu ? Un coup de feu : il n'y en a eu qu'un. Le garde municipal qui faisait la sentinelle au poste est l'un des témoins ; l'autre, c'est quelqu'un qui rentrait chez lui un peu plus loin avant d'arriver au chemin da Bruxa, et il y en a eu un troisième, qui est le plus intéressant, un homme qui habite une maison tout à côté du chemin.

— Et il n'y a vraiment eu qu'un coup de feu ?

— Absolument. Ah ! vous vous disiez que...

— Oui, qu'il aurait pu y avoir une sorte de duel, vous comprenez...

— Non, il n'y a pas l'ombre d'un doute. Il n'y a eu qu'un coup de feu.

Le commissaire mit la main sur l'épaule de Borges.

— Je n'ai pas le moindre doute, cher monsieur. Il s'agit d'un suicide.

— Mais pourquoi, Seigneur, pourquoi ? murmura l'ami du mort.

*

— Non, ce n'était pas impossible, dit Borges d'un air méditatif. Je ne comprends pas qu'il l'ait fait maintenant, alors qu'il était, à ce qu'il semble, à la veille de négocier sur le sous-marin.

— Ah ! Il était question d'argent ? dit Guedes en faisant signe aux porteurs de la civière de prendre le chemin en direction du bas.

— Oui, dit discrètement Borges.

Puis il poursuivit, en s'adressant à Pavia Mendes :

— Je ne comprends pas bien pourquoi il l'aurait fait maintenant, et encore moins ici… Enfin, je ne sais pas… soupira-t-il, et il y eut dans ce soupir, à ce qu'il semblait, une pointe d'angoisse, égoïste et humaine à cause de l'argent tant promis et finalement non reçu.

Le groupe se mit silencieusement en route vers la route de Benfica. Ils tournèrent sur la droite, puis, après avoir fait quelques pas, ils arrivèrent au poste de police. Il y avait déjà beaucoup de gens devant la porte. Le commissaire, qui était apparu en bas, et allait se diriger vers le chemin, donna l'ordre de les repousser. Le groupe du chemin, les deux *confrères*[1] qui étaient apparus rapidement, entra dans le poste de police sans faire de bruit.

1. En français dans le texte.

CHAPITRE II

L'enquête préliminaire, incluant les dépositions de Borges, de Pavia Mendes, du garde municipal sentinelle et
de l'individu habitant la maison de la petite propriété,
qui avait entendu le coup de feu la nuit. Elle se termine
par l'affirmation, de Borges à Pavia Mendes, selon laquelle
Vargas avait les plans en son pouvoir.

Le premier à déposer fut Domingos Silva,
maçon, âgé de vingt-huit ans, habitant rue... Il
déclara que, peu après huit heures du matin,
alors qu'il descendait le chemin da Bruxa en
direction de la route de Benfica, il vit soudain,
au détour du premier virage du chemin (le chemin fait deux virages ou deux angles), un corps
écroulé sur le sol. Il fut étonné de constater qu'il
s'agissait d'un homme élégamment vêtu, et il
s'approcha. Il vit aussitôt qu'il était mort, tué
par une arme à feu, il pensa qu'il avait été assassiné, car il ne remarqua pas le pistolet. Il resta
un moment sans savoir comment réagir, puis il
décida de faire part de ce qu'il avait trouvé au
commissariat de Benfica. Il ne pensa pas au

poste de la garde municipale, juste un peu plus bas, sinon il y serait allé de préférence parce que c'était plus près. Pour aller au commissariat, il fit demi-tour, prit à travers champs, et descendit le chemin de la Pinède, qui est bien plus loin et dont il savait qu'il débouchait près du poste de police. Et puis ce parcours était plus simple ou, du moins, lui paraissait plus simple, que de descendre le chemin da Bruxa ou tout autre et de prendre ensuite la route de Benfica. Il était déjà plus de huit heures et quart quand il était arrivé au commissariat, et il avait fait part au commissaire, ici présent, de ce qu'il avait trouvé. Il ne savait rien d'autre de l'affaire.

Le commissaire Bastos se tourna vers le chef du poste :

— Dites-moi, Moraes, comment se fait-il qu'on n'ait pas trouvé le corps plus tôt ?

Le policier haussa les épaules.

— D'une part, le chemin da Bruxa est très peu fréquenté, même dans la journée. — La nuit, tous ces chemins sont peu fréquentés, évidemment. — Le chemin da Bruxa commence en face de terres cultivées, alors que les deux plus proches, celui du vieux, en allant vers Benfica, et celui de la Torrinha, en allant vers Lisbonne, commencent là où débouchent des chemins qui viennent d'en bas, et sont ainsi les prolongements naturels de ces chemins. En outre, ils sont plus plaisants parce qu'ils vont tout droit, alors que celui da Bruxa est tout tortueux ; et même dans la journée un chemin droit est plus agréable qu'un chemin tortueux. Ça, c'était d'une part. D'autre part, il est possible qu'on l'ait découvert plus tôt. Il y a beaucoup de gens qui sont capables de faire une découverte de ce genre et de ne rien dire. Par crainte, par commodité, etc.

— Je comprends, dit Bastos. Mais alors, pourquoi Vargas l'aurait-il remonté ?

— C'est simple, répondit le chef de poste. C'est le premier chemin qu'il trouvait en sortant de chez le commandant Mendes qui allait vers le bas, et il devait avoir tendance à aller vers le bas puisque c'était plus ou moins de ce côté-là qu'il allait. Je ne sais pas si Vargas connaissait bien ces lieux et les chemins qui partent d'ici pour aller du côté de Campo de Ourique.

— Je crois qu'il les connaissait, dit Borges en lui coupant la parole.

— Mais pourquoi vous faisiez-vous tant de souci à cause de l'absence de Vargas, monsieur Borges ? Aviez-vous quelque raison de redouter quelque chose — un suicide, un crime, ou toute autre chose ?

— Aucune. Je me faisais du souci pour deux raisons. La première, parce que Vargas m'avait promis de me trouver une certaine somme d'argent afin que je puisse aller à Porto — je suis de Porto — et y rester quelque temps. Il m'avait dit qu'il me trouverait l'argent dans la Baixa[1] ;

1. Littéralement « Ville basse » de Lisbonne, centre de la capitale, où se situent notamment les banques et les grands centres d'affaires.

puis qu'il irait dîner chez Pavia Mendes, et qu'il me le remettrait dans la nuit, là-haut, à Campo de Ourique, quand il reviendrait de chez Pavia Mendes. Or, tous ceux qui ont eu besoin d'argent savent quelle fébrilité s'empare de nous quand on nous a promis de l'argent et qu'il n'arrive pas. On se fait toutes sortes d'idées. On s'imagine n'importe quoi. On est comme une mère quand son fils ne rentre pas à la maison à l'heure habituelle : il est tombé sous un tramway, il lui est arrivé quelque chose, tout ce qui est grave lui passe par la tête. Vargas m'avait dit qu'il me remettrait l'argent vers minuit, minuit et demi, heure à laquelle il comptait revenir de chez Pavia Mendes. Il est évident que je n'avais absolument pas besoin d'argent à cette heure-là. Mais c'est comme ça : je n'en avais pas besoin, mais je voulais le voir, vous comprenez ?

[...]

» Mais à un certain moment, j'avoue que j'ai vraiment commencé à prendre peur. J'étais rentré chez moi à onze heures et demie et, par hasard, j'étais passé devant la maison de Vargas, j'avais frappé à sa porte et demandé à sa gouvernante s'il était rentré. Ce n'était pas le cas, mais je ne m'y attendais pas. J'ai demandé pour le plaisir de demander... Je suis rentré chez moi, j'ai lu un moment. Ensuite, vers minuit et quelques, je suis ressorti. Il y avait de la lumière dans la chambre de la gouvernante, mais pas dans celle de Vargas, qui se trouve aussi sur le côté de la maison et donne sur l'espace qu'il y a entre son immeuble et le mien, ni dans son bureau, qui donne sur la façade. J'ai failli frapper une nouvelle fois, mais je n'ai pas osé. Comme j'ai rencontré le veilleur de nuit, je lui ai demandé s'il avait vu passer Vargas. Il m'a dit que non, et qu'il avait toujours été dans ces parages. Je lui ai demandé de me prévenir, en m'appelant de la rue, quand il verrait passer Vargas. Je suis rentré chez moi, mais à ce moment-là je n'étais plus capable de lire… Le veilleur de nuit ne m'appelait pas. Il pouvait être une heure et quelques, je suis ressorti. Il n'y avait plus de lumière nulle part chez Vargas. Je suis à nouveau rentré chez moi. Malgré ma contrariété je commençais à avoir sommeil. Peu après deux heures, il a fallu que je ressorte. J'ai redemandé au veilleur de nuit s'il avait vu passer Vargas. Toujours pas… Je n'y ai pas résisté. Je suis allé frapper chez lui, même si c'était grossier… La gouvernante, qui n'a pas beaucoup apprécié la plaisanterie, m'a dit qu'il n'était pas rentré, et elle m'a fermé la fenêtre au nez. C'est à ce moment-là que j'ai commencé à me poser des questions, c'est-à-dire à me poser des questions à juste raison. Je me suis alors souvenu que Vargas m'avait dit qu'il rentrerait normalement par Campo de Ourique, si bien qu'il frapperait à ma porte pour me remettre l'argent. Je me suis souvenu qu'il viendrait par Campo de Ourique du fait qu'il avait dit qu'il passerait et frapperait à ma porte ; or, ma maison n'est pas sur le chemin quand on vient d'Estrela, mais seulement quand on vient de Campo de Ourique.

Or, Vargas ne variait jamais : quand il venait de la Baixa, il prenait toujours l'ascenseur pour aller à Estrela : il remontait la rue Chiado et prenait l'ascenseur place Camões. Je me suis donc dit, et je crois ne pas m'être trompé en pensant cela, s'il vient par Campo de Ourique c'est qu'il a l'intention de venir de Benfica à pied — et en réalité je me suis souvenu que ce n'était pas très loin. Et que ce n'était pas un chemin très sympathique à faire la nuit. C'est là que j'ai eu peur, parce que je me suis rappelé que Vargas m'avait dit qu'il ne rentrerait pas tard, et qu'il ne fallait pas que ça me fasse peur — cela, il me l'a dit en riant — parce qu'il était armé, car il avait quelque chose de valeur à rapporter de chez Pavia Mendes. Ce que c'était, il ne me l'a pas dit, et je ne le lui ai pas demandé non plus, parce que le fait de dire simplement « quelque chose de valeur » suffisait à indiquer qu'il ne voulait pas révéler ce que c'était ; sinon il aurait aussitôt précisé de quoi il s'agissait. Je me suis même dit que ce devait être de l'argent, ou des bijoux — Vargas s'y connaissait bien en bijoux, et il pouvait avoir quelque affaire en cours dans ce domaine — ; il est évident que je ne pouvais pas me douter que c'étaient les plans d'un sous-marin, ce qui correspond naturellement, d'après ce que je sais maintenant, à ce dont il s'agissait.

» Or, c'est précisément cette affaire de bijoux ou d'argent qui m'a fait le plus peur. Quelqu'un pouvait être au courant de la chose et l'attaquer ; ou encore il pouvait très bien être attaqué sans qu'on en sache rien. Vargas était un monsieur distingué, bien habillé, dont le moindre malandrin pouvait supposer qu'il avait dans son portefeuille une belle liasse de billets de banque. Et en effet, à part les plans, c'est ce qu'il devait avoir sur lui, à moins qu'il n'ait pas réussi à trouver l'argent. C'était un million de réis[1] ; c'est tout de même une belle somme, et celui qui lui a fait les poches n'a pas dû rester sans rien...

» Pour résumer... J'ai parlé un moment avec le veilleur de nuit, et je suis rentré chez moi ; peu après je suis ressorti, et j'ai fini par passer la nuit à bavarder avec le veilleur de nuit et à l'accompagner dans sa ronde dans le quartier. Dès le matin, très tôt, après être rentré chez moi pour faire ma toilette, je suis allé frapper à la porte de Vargas ; je me suis à nouveau fait insulter par sa gouvernante, et j'ai appris que Vargas n'était pas rentré chez lui. Elle n'en était pas autrement étonnée parce qu'il était fréquent que Vargas ne vienne pas passer la nuit chez lui. Cela, je le savais, mais cette nuit-là l'affaire ne m'a pas paru catholique. J'ai alors vraiment pris peur : un peu inquiet pour moi et pour l'argent — on est toujours plus égoïste qu'on ne le voudrait — mais j'ai eu aussi passablement peur pour ce garçon. Il y avait bien, évidemment, la possibilité qu'il ait rencontré une femme — je n'en voyais pas

1. Le « real » (pluriel « réis ») était autrefois l'unité monétaire du Portugal ; il a été remplacé en 1911 par l'escudo, qui valait mille réis.

d'autre, et toute autre nuit c'eût été l'explication —, mais je trouvais un peu fort de café qu'il m'ait tenu sur des charbons ardents après m'avoir promis d'être là à minuit. Mais enfin, une femme excuse tout… Il est clair que c'était là une explication à laquelle je ne croyais pas… J'ai continué à avoir peur. J'ai pris la direction de la Baixa, je suis allé au bureau pour cette raison, j'en ai profité pour regarder l'annuaire et voir si ledit Pavia Mendes avait le téléphone chez lui, et quand j'ai vu que ce n'était pas le cas, j'ai décidé d'arrêter la première voiture que je rencontrerais pour aller à Benfica, de ne plus tergiverser et d'aller directement chez Pavia Mendes. Ils avaient aussi pu converser jusque très tard dans la nuit, et Pavia Mendes avait pu insister auprès de Vargas, qui habitait relativement loin, pour qu'il reste là. C'est drôle, ce n'est qu'à ce moment-là que cette éventualité — finalement très naturelle —, m'est venue à l'esprit, et alors au lieu d'avoir peur, j'ai été furieux contre cet individu qui m'avait posé un lapin, après ce qu'il m'avait promis, uniquement parce qu'il s'était laissé aller à converser jusqu'au petit matin… Mais en vérité, peu après, et presque sans que je sache pourquoi, mes craintes ont resurgi… C'est qu'en vérité Vargas n'était pas vraiment homme à manquer à sa parole : il était de ceux qui disent oui ou non, mais quand il disait oui, ce oui n'était contredit que s'il ne pouvait pas faire autrement. Avoir promis de me trouver de l'argent et ne pas l'avoir trouvé, passe encore — cela pouvait ne pas dépendre de sa volonté —, mais dans ce cas il n'était pas homme à ne pas venir, ne serait-ce que pour le dire. Il m'est même venu à l'esprit qu'il n'avait peut-être pas trouvé l'argent, qu'il était sorti très tôt de chez Pavia Mendes, et était allé chez quelqu'un qui lui aurait promis cet argent. Cela changeait déjà tout à fait le cours des choses, parce qu'il se pouvait que ce quelqu'un habite encore plus loin que Pavia Mendes... Mais, pour résumer, tout ce à quoi je pensais dans la voiture de Benfica ne me rassurait pas du tout, et quand je suis arrivé chez Pavia Mendes, j'étais vraiment dans tous mes états. Bien entendu, quand j'ai appris que Vargas était parti de là à une heure et quelques, qu'il avait même fait savoir qu'il ne pouvait pas arriver très tard à Estrela parce qu'il avait quelque chose à remettre à quelqu'un — c'est-à-dire qu'il avait l'argent qui m'était destiné —, tout cela confirma toutes mes craintes, et j'ai alors constaté — je peux dire que je l'ai constaté — que mes craintes étaient en fait une sorte de pressentiment.

Plût au ciel que ce ne fût pas le cas...

*

— Alors, 54, vous avez vu le cadavre ?
— Oui, monsieur, je l'ai vu.
— Vous l'avez reconnu ?
— Si je ne me trompe pas, chef, c'était un individu que j'avais croisé, vers une heure et demie, quand je montais la garde.

— Où l'avez-vous vu, et dans quelles conditions ?

— Je montais la garde, chef, et je faisais les cent pas devant le poste, quand j'ai vu cet individu, habillé exactement comme l'est le cadavre, et j'ai même pu voir son visage à la lumière du réverbère qui est à l'angle du chemin. Il venait du haut, des environs de Benfica. Soudain, alors qu'il venait juste de traverser pour s'engager sur le chemin, parce qu'il arrivait par le trottoir de l'autre côté de la rue, voilà que j'entends des bruits de pas sur la route du côté de Lisbonne, et que surgit un individu que je n'avais pas entendu arriver et qui fait à l'autre un signe de la main comme pour l'appeler. Comme il passait devant la lumière de la porte, l'autre le remarque, le regarde, de toute façon, et alors il a paru le reconnaître, et lui a dit : « Vous ici à cette heure ? »

— Vous avez entendu cela distinctement, 54 ?

— Tout comme je vous entends, chef.

— Bien. Et l'autre, qu'est-ce qu'il a répondu ?

— Je ne l'ai pas entendu, chef. Il a répondu quelque chose, mais il était déjà près de l'autre et parlait plutôt bas. De plus, je lui tournais le dos à ce moment-là.

— Et après ?

— Après, celui qui venait d'en bas est allé vers l'autre, ils se sont serré la main, et ils se sont mis à parler à l'entrée du chemin, à côté du réverbère. C'est alors que j'ai bien vu le visage de celui qui est mort, parce que c'est lui qui était tourné de mon côté.

— Combien de temps ont-ils parlé ?

— Pas longtemps, chef, mais ils ont tout de même échangé plus de deux mots.

— Environ cinq minutes ?

— Plutôt plus que moins, chef...

— De quelle sorte de conversation s'agissait-il ? Je veux dire : ils parlaient comme on parle dans une simple conversation, ou alors ils parlaient avec animation, ou en se fâchant ? Ils se sont contentés de parler, ou bien est-ce qu'ils ont sorti des papiers, ou quelque chose de ce genre ?... Enfin, qu'est-ce que vous avez vu ?

— J'ai eu l'impression que c'était une conversation naturelle, chef, comme deux personnes qui se connaissent. Ils ne se fâchaient pas et ne parlaient pas avec animation. Ils ne parlaient ni très haut ni très bas. J'entendais leurs voix, mais pas ce qu'ils disaient parce qu'ils n'étaient pas assez près de moi. Je n'ai rien vu d'autre, chef. Sans oublier, chef, que la moitié du temps, pendant qu'ils parlaient, je marchais dans l'autre sens, et je leur tournais le dos.

— Bien sûr, bien sûr. Et après avoir parlé ?

— Ils se sont séparés. Ils se sont resserré la main, celui qui est mort a remonté lentement le chemin, et l'autre a remonté rapidement la route. Je n'ai rien vu d'autre, chef.

— Très bien. Et maintenant, 54, tu vas me décrire le plus exactement que tu le pourras cet individu qui est arrivé par le bas de la route et qui a parlé avec celui qui est mort.

— C'était quelqu'un de très bien habillé, ni

très grand ni très petit — un tout petit peu plus petit que moi, chef — avec une moustache noire et des lunettes.

— Tu n'as pas bien vu son visage ? Tu ne le reconnaîtrais pas ?

— Non, chef, ou, du moins, je ne le pense pas.

— Tu as dit très bien habillé. Comment était-il vêtu ?

— Il portait des vêtements foncés, et le tout semblait de très bonne qualité : un chapeau mou noir, ou du moins très foncé, un pardessus de la même couleur, il portait une écharpe grise ou tirant sur le gris, et avait des guêtres claires. Ah oui, j'oubliais, chef : il portait un sac à la main gauche.

— Comment ça ? Un sac de voyage ?

— De voyage, je ne sais pas, chef. Ce n'était pas un de ceux dans lesquels on peut mettre un costume. C'était un de ceux qui sont plus petits.

— Je vois : de ceux dans lesquels on met deux chemises et quelques mouchoirs…

— Cela même, chef.

— Un sac pour un voyage de courte durée. Tu as vu en quoi était fait le sac ?

— En quoi il était ? Ah oui : il était en cuir. Il avait l'air d'être de ces sacs qui coûtent cher, chef.

— Très bien, 54. Et maintenant, autre chose : tu as entendu le coup de feu, n'est-ce pas ?

— Oui, chef ; comment est-ce que j'aurais pu ne pas l'entendre ? Un son très clair, à cette heure-là !…

— Bien entendu, tu n'as pas fait le rapprochement avec l'individu que tu avais vu arriver en remontant le chemin ? Autrement dit, tu n'as pas pensé à lui quand tu as entendu le coup de feu ?

— Moi ? Non, chef. Comment est-ce que j'aurais pu y penser ? Et puis, chef, je n'ai pas bien compris de quel côté on avait tiré un coup de feu. Il m'a même semblé que ce n'était pas sur le chemin ; on aurait dit que c'était davantage du côté de Lisbonne, que ça venait d'un domaine, d'un de ceux qui sont près d'ici.

— Bien, 54. Je n'ai plus besoin de toi. Mais ne t'en va pas tout de suite. On peut encore avoir besoin de te poser des questions.

*

— Eh bien, ce n'est pas trop tôt ! Raconte, raconte…

— Il y a environ dix ou douze jours, vers neuf heures et demie du matin, après être sorti de chez moi je suis allé sur la place d'Estrela comme je le fais tous les jours à cette heure-là sauf le dimanche — en passant par la rue Domingos Sequeira et celle qui descend de Campo de Ourique en direction de la place, et je me suis retrouvé devant un individu bien habillé qui semblait être là à attendre quelqu'un — en fin de compte c'est moi qu'il attendait.

» C'était un homme un peu plus grand que moi, très bien habillé, comme je l'ai dit, avec une barbe noire très fournie, et des lunettes cerclées d'or.

CHAPITRE III

L'enquête qui s'ensuivit, prise désormais en charge par l'instruction — le commissaire Bastos et l'inspecteur Guedes. La recherche de l'individu inconnu, la déposition de Borges à son sujet, l'enquête menée par Guedes sur les alibis de Borges et de Pavia Mendes. (Le chapitre commence quelques jours après la fin du premier, et il convient de préciser qu'entre-temps on n'a rien appris au sujet du mystérieux individu, que l'on n'a eu aucune nouvelle des plans, ni de qui pouvait bien être le deuxième individu mystérieux, qui avait surgi en haut du chemin peu de temps après que l'on eut entendu le coup de feu.)

— Des hommes de taille moyenne, bien habillés et avec une moustache noire, il en existe beaucoup, dit Borges d'une voix hésitante. En cherchant bien, je pourrais peut-être vous en trouver plus d'une douzaine parmi les personnes dont je sais que Vargas les connaissait, et encore ce serait sans compter ses amis ou ses relations strictement commerciales : celles-là, j'en connais très peu. Quant aux lunettes, c'est tout autre chose… J'y ai bien réfléchi, y compris pendant que je parlais à l'instant, et je ne connais que deux personnes qui aient toutes ces caractéristiques : l'un d'eux est Xavier Lopes, qui est bijoutier dans la rue do Ouro, l'un des propriétaires de la firme Lopes et Cie ; l'autre, je ne sais pas qui c'est, car je ne le connais que de vue ; je sais que c'est un ami de Vargas, que c'est un homme fortuné et qu'il habite du côté de la rue dos Capelistas, où je l'ai vu parler plus d'une fois avec Vargas. Ce n'est pas là une grande indication, mais il y a quelque chose qui peut vous aider : il n'a une moustache que depuis quelques mois. Avant, il portait toute sa barbe, en pointe. C'est tout...

— Eh bien, dit le commissaire Bastos, c'est déjà quelque chose. Ce Xavier Lopes, celui que vous connaissez — savez-vous quelles sortes de relations il avait avec Vargas ?

— De simples relations amicales, je crois, et encore, pas très intimes. Je ne crois pas qu'ils aient été en affaires. Mais, comprenez-moi bien, je ne le garantis pas. Comme je vous l'ai dit, je ne savais presque rien, si ce n'est par-ci par-là, et encore très superficiellement — quand il m'en parlait — au sujet des amis de Vargas.

— Et l'autre homme, celui que vous ne connaissez pas ? Vous ne savez pas comment il s'appelle ?

— Non... Enfin, j'ai bien entendu Vargas le dire, mais je ne m'en souviens pas. Ce doit être facile de trouver qui c'est. Il parlait avec Vargas, presque toujours, devant la porte de [...].

CHAPITRE IV

Les protagonistes du drame *(dramatis personae)*. L'enquête de l'inspecteur Guedes sur les personnes de Carlos Vargas, Custódio Borges, Pavia Mendes, etc. Cela et les réflexions provisoires du commissaire Bastos.

— Alors ? dit le commissaire Bastos.

— Pour autant que l'on peut s'en assurer, tous deux sont restés chez eux cette nuit-là et aux heures qui nous intéressent. Mais, bien évidemment, ce n'est pas ce que l'on peut appeler une certitude…

— Il ne fallait d'ailleurs pas s'attendre à ce que cela pût l'être. Prouver que quelqu'un a été tel jour en tel endroit n'est pas toujours facile, et moins encore qu'il était chez lui à l'heure où l'on dort ; il n'y a pas de témoins directs, et ceux qu'il peut y avoir — femme, amis, ou camarades de chambre — sont toujours suspects.

— De toute façon, patron, cela aurait pu être pire dans les deux cas. Voyez — d'abord Borges. Ce qu'il a dit est vrai. J'ai réussi à parler avec le veilleur de nuit du secteur et avec le propriétaire de la maison où il loge ; c'est un individu qui s'appelle José Costa, employé au bureau géodésique, qui est, comme vous le savez, attenant à l'église d'Estrela.

— Je le sais bien.

— À ce que dit le veilleur de nuit, Borges est arrivé à Estrela, ou à Campo de Ourique, selon la façon dont on voudra l'appeler, vers onze heures et demie. Il a demandé au veilleur de nuit s'il avait vu passer Vargas pour rentrer chez lui. Le veilleur lui a dit que non, et Borges est allé frapper à la porte de Vargas. Ensuite il est revenu trouver le veilleur, lui a dit que Vargas n'était pas encore rentré et qu'il avait grand besoin de lui parler, qu'ils étaient convenus qu'il lui remettrait quelque chose, et il lui a demandé de l'appeler — lui, Borges — quand il verrait Vargas rentrer chez lui. Il a dit qu'il rentrait chez lui pour attendre, qu'il allait lire jusqu'à ce que l'autre revienne, si bien que le veilleur n'avait qu'à l'appeler par la fenêtre, c'est-à-dire celle du premier étage qui était éclairée et entrouverte, et qu'il descendrait aussitôt.

» Peu après cette conversation, Borges est ressorti, est allé voir le veilleur, lui a reposé la même question, lui a redemandé de ne pas oublier de le prévenir quand Vargas arriverait, et il est retourné chez lui. Bien entendu, Vargas ne s'est pas montré. La fenêtre est restée allumée toute la nuit, et de temps en temps, chaque fois qu'il entendait le veilleur passer dans la rue en face de chez lui, Borges se montrait à sa fenêtre et demandait si Vargas était rentré. Cela s'est produit cinq ou six fois au cours de la nuit, jusqu'à quatre heures ou quatre heures et quelques, quand Borges a éteint sa lumière, est sorti de chez lui et allé dans la rue, très énervé et impatient, comme c'était naturel, pour bavarder avec le veilleur afin de se distraire jusqu'à ce que ce dernier s'en aille, c'est-à-dire à cinq heures et demie. Borges est alors rentré chez lui, d'après ce qu'il a dit, pour faire sa toilette et aller dans la Baixa, pour savoir s'il avait pu arriver quelque chose à Vargas. Quand, au cours de leur conversation, le veilleur de nuit, apprenant que Vargas était allé à Benfica, a dit qu'il avait pu venir tout droit, à travers champs, et que c'était un endroit dangereux, le malheureux Borges a pris peur, car il n'avait pas pensé à ce chemin, qui ne lui viendrait jamais à l'idée, même dans la journée : normalement on va d'Estrela à la Baixa, et après on continue sur Benfica en prenant les avenues Novas et la route de Benfica.

» Le propriétaire de la maison dans laquelle demeure Borges a confirmé tout cela, dans la mesure où il pouvait le faire. Costa a le sommeil léger, et il se souvient d'avoir entendu Borges se promener de long en large toute la sainte nuit. Il est sorti une fois — aux premières heures du jour, à ce qu'il semble — cela s'est passé à une heure, d'après ce qu'a dit le veilleur —, mais il est revenu immédiatement et s'est remis à faire les cent pas dans sa chambre jusqu'à ce qu'il ressorte très tôt, quand il faisait encore nuit. À six heures Costa étant déjà debout, il est revenu, il l'a entendu faire sa toilette, puis ressortir. La maison est petite et on entend tout très bien. Pendant la nuit, d'après ce que la femme de Costa a dit par la suite, il a dû fumer cinquante ou soixante cigarettes — les cinquante ou soixante, c'est moi qui le dis —, car il a laissé un cendrier et une sorte de petit bol plein de mégots et d'allumettes. Voilà ce qu'on a sur Borges.

— Cela suffit. Et c'est même plus que suffisant. On n'avait pas besoin de tout cela, mais tu mènes bien ton enquête, mon garçon. On ne soupçonne pas Borges, ni d'ailleurs personne. Cela, c'était juste pour qu'il n'y ait pas le moindre doute. Plus tard il aurait été plus difficile d'enquêter. Ce que tu as découvert correspond à tout ce qu'on pouvait espérer. On ne peut rien espérer de plus, et, d'une façon générale, moins encore. Je dirai même davantage : ce qui éveillerait des doutes, ce serait qu'il y ait quelque chose avec des heures très précises, le tout parfaitement réglé et minuté — parce que ce ne serait pas naturel. Et le commandant ?

— Pour le commandant c'est la même chose, mais là il a fallu faire plus attention. La seule personne qui pouvait nous renseigner, c'était sa gouvernante. C'est le seul témoin, juste un témoin, et un témoin peu fiable, du fait même qu'elle est sa gouvernante, et, bien entendu, il faut être beaucoup plus habile pour orienter la conversation. Enfin, j'y suis arrivé, et je crois qu'elle ne s'est pas méfiée. Je lui ai fait comprendre que je voulais savoir si elle n'aurait pas entendu des gens dans la rue la nuit, etc. Heureusement elle est comme toutes les autres : elle aime parler. Grâce à cette conversation j'ai fini par apprendre ce que je voulais. Enfin, pour ce qu'on a besoin de savoir, je vous résume : le commandant l'a envoyée se coucher à minuit, une heure du matin, et c'est ce qu'elle a fait. Comme elle n'est plus toute jeune, elle n'a pas le sommeil bien lourd. Ainsi, elle a entendu Vargas sortir, et le commandant fermer et verrouiller la porte de la rue, puis se rendre immédiatement dans sa chambre, en fermer la porte et se coucher. Il s'est couché, d'après ce qu'elle a dit, mais il est évident qu'elle ne l'a pas entendu se coucher. Plus tard — nous ne savons pas à quelle heure — elle a entendu son patron ouvrir la porte de sa chambre et aller dans son bureau, ce qu'il faisait à l'occasion, quand il travaillait la nuit, tout au long de la nuit. Mais cette fois il ne travaillait pas : la gouvernante l'a entendu toute la nuit marcher dans sa chambre, en long et en large, ce qui n'était pas très habituel, et elle a même failli se lever pour lui demander s'il ne se sentait pas bien. Mais elle ne l'a finalement pas fait. Cela a duré jusqu'au matin, quand elle s'est levée. Le commandant ne s'est pas recouché.

— Attends, dit le commissaire Bastos, ce n'est pas tout à fait la même chose, comme tu l'as dit, que dans le cas de Borges. Borges avait deux raisons évidentes et naturelles d'être soucieux et de

41

ne pas pouvoir ni vouloir dormir : l'absence de son ami et cette histoire de gros sous qui rendait cette absence encore plus préoccupante. Mais quelle raison pouvait bien avoir Pavia Mendes pour qu'il lui arrive la même chose ?

Et le commissaire, qui avait posé cette question d'une voix lente, sans s'adresser à personne, se renversa sur sa chaise en fronçant les sourcils. Soudain, il se retourna vers Guedes.

— Est-ce qu'il pourrait être facile à Pavia Mendes de sortir de chez lui — juste après être allé se coucher, ou, bien sûr, à n'importe quelle heure — sans que sa gouvernante s'en aperçoive ?

— On ne peut plus facile, chef, surtout s'il est dans sa chambre.

— Ah…

— La maison a deux entrées — donnant sur la rue, je veux dire. L'une d'elles est la porte d'entrée proprement dite ; l'autre est le portillon en fer qui est à côté de la maison et par lequel on s'engage dans un petit chemin qui mène au jardin derrière la maison. Or, la chambre du commandant donne sur ce petit chemin. Il n'avait qu'à passer une jambe par-dessus le parapet de la fenêtre qui, de surcroît, est bas, et sortir par le portillon ; après, il pouvait revenir par ce même chemin. À moins qu'il n'ait fait du bruit exprès, la gouvernante n'aurait rien entendu, d'autant plus que sa chambre à elle donne sur l'arrière et de l'autre côté de la maison.

— Voilà qui est curieux, Guedes, voilà qui est curieux. Et c'est curieux parce que, encore qu'il n'y ait là rien de suspect, et que je ne voie pas comment il pourrait s'agir d'autre chose que d'un suicide, le fait est qu'il y a anguille sous roche quelque part…

— C'est aussi ce que je pense, patron…

— Je ne sais pas quelle sorte d'anguille, mais il y a là une anguille. Et, s'il y en a une, c'est du côté du commandant qu'elle se cache, mais, malheureusement, ajouta-t-il, elle ne montre pas le bout de son nez.

Il y eut un moment de silence.

— C'est cette histoire de plans, reprit le commissaire Bastos, qui est le nœud de l'affaire. C'est dans cette histoire de plans qu'il y a une anguille. Remarque bien : je ne doute pas un seul instant que Vargas se soit suicidé. Cela ne fait aucun doute. Mais pourquoi diable un homme, qui semble n'avoir jamais pensé à se suicider, va-t-il le faire dans un chemin, la nuit, avec, dans ses poches, des plans valant une fortune — des plans qui ont disparu —, après être sorti de chez le propriétaire de ces plans, et après avoir parlé à un individu dont nous ne savons pas qui il est, qui a surgi comme par miracle, à cet instant précis, tel un diable sortant de sa boîte ? Hum… Cette histoire de plans d'inventions guerrières est quelque chose d'on ne peut plus sérieux, surtout quand les plans disparaissent… Et le fait qu'un homme soit, semble-t-il, amené à se suicider, pris d'un désespoir soudain, sous l'influence d'on ne sait quoi, ne simplifie pas l'affaire, et, quoi qu'il en soit, cela nous donne l'obligation de ne pas relâcher nos efforts un seul instant pour voir si on découvre ce qui s'est passé. Oui, parce que amener un homme à se suicider, c'est la même chose que le tuer, mon vieux. Et c'est le tuer, remarque bien, dans des conditions de véritable lâcheté. C'est comme indiquer à un malheureux un chemin nocturne qui le fera tomber inéluctablement dans un ravin. Non, Guedes, nous ne pouvons pas laisser passer cela sans rien faire.

» Mais c'est un drame humain, sapristi, poursuivit le commissaire. En outre, il m'intrigue au plus haut point... Oui, s'il s'agissait d'un assassinat, l'affaire serait claire, même s'il était difficile de découvrir l'assassin. Mais ce qui m'intrigue le plus, c'est qu'il s'agit d'un suicide — d'un suicide, remarque bien, présentant toutes les conditions requises pour un assassinat, mais impensables pour un suicide. C'est cela qui ne me sort pas de la tête. En d'autres termes, comme je te l'ai dit, il s'agit d'un suicide qui, à mes yeux, a toutes les caractéristiques d'un assassinat. Et, en fin de compte, on n'y comprend rien...

— Quoi ? Vous vous méfiez de l'un et de l'autre ?

— Quand je ne comprends rien, je me méfie de tout. Tiens, Guedes, tu ne doutes pas qu'il s'agisse d'un suicide, n'est-ce pas ?

— Non, patron : c'est un suicide, il n'y a pas de doute.

— Bien, alors explique-moi donc pourquoi un homme se suicide à deux heures du matin sur un chemin. Quand on aura pu l'expliquer, je cesserai de me méfier — à moins que je ne me mette à me méfier de toi…

— Mais en quoi est-il utile de savoir où ces deux-là étaient à l'heure du suicide ? Si c'était un crime, chef, ou si on pensait qu'il pouvait s'agir d'un crime…

— Eh oui, eh oui. Mais supposons par exemple que tu découvres que l'un ou l'autre de ces deux-là était, par exemple, tout près du lieu du suicide à l'heure où il a eu lieu. Le suicide demeure un suicide et ne devient pas un assassinat, et l'homme qui était là ne devient pas un criminel. Mais alors il devient obligatoire d'expliquer ce qu'il faisait là, et pourquoi il n'a pas dit qu'il y était. N'oublie pas, Guedes, qu'il y a là deux choses — un suicide que l'on ne comprend pas, et des plans dont la capture se comprend fort bien…

» Il est possible que tu découvres quelque chose qui n'élucide en rien le suicide, mais qui nous éclaire un peu au sujet des plans. Ce serait déjà quelque chose de gagné. Nous ne savons rien entièrement, et nous ne savons pas de quel côté nous tourner pour savoir quelque chose. S'il en est ainsi, commençons par nous tourner d'un côté ou de l'autre. C'est si nous ne nous tournons d'aucun côté que nous ne verrons rien. Tu ne trouves pas ?

— Si, parfaitement, patron. Je vais immédiatement m'occuper de tout. Mais, patron, j'ai juste
demandé…

— Tu as juste demandé pour savoir… C'est
évident. Et tu as très bien fait. Il y a des gens qui
posent des questions pour ne rien savoir. Bien,
occupe-toi tout de suite de cette affaire. Au revoir.

CHAPITRE V

Quelques jours s'étant écoulés (peu, vraisemblablement), l'inspecteur Guedes (ou le commissaire Bastos) apprend qu'il a été contacté par un dessinateur de l'Arsenal de la marine, l'une des personnes auprès de qui il avait enquêté sur la personne de Pavia Mendes, qui lui avait donné l'étrange information selon laquelle les nouveaux plans, dont Pavia Mendes avait dit qu'il allait les faire, sont finalement les anciens. Le juge d'instruction (qui à ce moment-là apparaît en personne) : « C'est moi qui vais me charger de cela, mon cher Bastos. Allez de votre côté vous occuper de cette affaire de fausse monnaie à Porto, tandis que Guedes et moi nous amuserons de cette bagatelle. Les choses prennent une tournure de plus en plus plaisante, et il n'est pas juste que les autres s'amusent sans que nous prenions notre part d'amusement. » La convocation du garde municipal qui était de faction, et la décision de faire venir Pavia Mendes.

La police orienta la recherche de cet individu dans trois directions différentes, sur l'ordre exprès du juge d'instruction, M. Francisco da Fonseca. Il tenta tout d'abord de déterminer, par un témoignage direct, quel était l'aspect exact de l'homme.

Mais cette voie n'allait pas loin, car il n'y avait pas de témoignage direct en dehors de celui de la sentinelle qui était de garde, qui avait vu l'inconnu parler avec Vargas. Il tenta ensuite de savoir quel individu présentant les mêmes caractéristiques que l'inconnu pouvait habiter dans ces parages, de l'autre côté.

*

— Un homme d'une quarantaine d'années, sinon davantage…

Il m'a arrêté en me touchant le bras, et m'a demandé d'une voix aimable :

— Vous êtes le commandant Vaz, n'est-ce pas ?…

J'ai répondu que oui.

— Je peux vous parler confidentiellement d'une affaire importante concernant l'un de vos voisins qui s'est tué.

J'ai tout de suite compris qu'il s'agissait de Vargas. J'ai été intéressé, mais un peu circonspect. Pour le cas où il sortirait de tout cela quelque chose de désagréable…

— Carlos Vargas ? ai-je demandé.

— Oui. Pouvez-vous me donner votre parole d'honneur, primo, que cela restera entre nous, car il n'y a aucune raison pour que ce ne soit pas le cas ; secundo, que, si cela vous est possible, ce que je vais vous demander de faire demeurera tout aussi secret ?

Comme j'hésitais un peu, il m'a expliqué :

— La parole que je vous demande de tenir, c'est avant toute chose de garder le secret sur ce que je vais vous dire, étant donné que, comme vous allez le voir, il n'y a rien de compromettant à le faire. Ensuite vous me direz si vous pouvez vous acquitter de ce que je vais vous demander de faire.

À ce moment-là, ce que j'éprouvais le plus, c'était de la curiosité, et comme il n'y avait, dans ses exigences, ainsi formulées, rien d'extraordinaire, je lui ai aussitôt donné ma parole d'honneur dans le sens qu'il voulait.

— Bien, dit-il, satisfait. La première chose que j'ai à vous dire est la suivante : les plans du sous-marin de Pavia Mendes sont entre mes mains.

Je fis un bond et le regardai, médusé.

— Comment, les plans originaux ?

— Oui, les plans originaux.

— Mais comment se fait-il qu'ils soient en votre possession ?

— Carlos Vargas me les a remis sur la route de Benfica, au débouché du chemin da Bruxa, où je l'ai rencontré par hasard, vers une heure et demie du matin le 11, ou plutôt le 12 février.

(Le juge et Guedes sursautèrent […].)

— J'ai aussitôt tout compris. C'était lui, l'individu que l'on n'avait jamais trouvé, et qui avait parlé avec Vargas au débouché du chemin. Cet homme correspondait exactement à la description du garde municipal, à l'exception près qu'il portait une moustache bien fournie, et pas seulement une moustache — mais c'était parce qu'il s'était laissé pousser la barbe.

» C'est ce que je lui ai dit, et il l'a confirmé. Parfaitement, c'est cet homme que le garde a vu, à la différence près que depuis il s'est laissé pousser la barbe.

*

— Je ne sais pas ce que c'est, monsieur le juge, et je ne saurais pas l'expliquer. Mais il y a là quelque chose qui manque et, si on connaissait cette chose, je ne sais pas trop ce que l'on saurait. J'ai ce pressentiment qui ne me lâche pas. Qu'est-ce que vous voulez ?

— Oh, mon bon, la seule chose qui manque là, c'est de savoir quelle autorité avait l'homme aux lunettes sur Vargas. Il est fort possible que cela explique bien des choses, mais cela n'expliquerait pas le suicide, car le suicide, en tant que suicide, est bien établi. À moins que vous ne pensiez le contraire ?

— Je ne sais pas trop ce que je pense, monsieur le juge. Tout cela est très bien, mais je ne peux pas me l'enlever de la tête...

— Vous comprenez, Guedes, dit le juge d'instruction, en se tournant vers l'inspecteur, il n'y a là aucune raison de faire une enquête, il n'existe pas le moindre crime, hormis le détail du vol commis sur le mort, et on a par ailleurs bien d'autres soucis. En ce qui me concerne, je me déchargerais bien de cette affaire, et je ne manquerais pas à mes devoirs. Mais je n'aime pas les mystères, ni pour ce genre de choses, ni pour aucune autre ; et c'est plus particulièrement le cas pour ce genre de choses ; je ne les aime pas, et quand elles surgissent, je ne me sens pas bien tant que je ne suis pas allé jusqu'au bout. Or, ce commandant Pavia Mendes commence à être un petit peu trop mystérieux… Vous ne trouvez pas ?

— Tout à fait, monsieur le juge. Peut-être qu'un petit entretien avec lui, avec les éléments qui sont maintenant en notre possession, ces nouveaux éléments…

— Oui, oui, c'est bien ce que j'ai l'intention de faire. Écoutez, Guedes, rendez-moi un service. Descendez donc à l'Arsenal, et mettez-vous d'accord avec notre cher commandant pour qu'il vienne nous faire ici une petite visite. Demain après-midi, par exemple, à partir de deux heures, pour ne pas être gêné par une autre tâche. Demain après-midi, à l'heure qui lui plaira. Allez-y maintenant, et dites-moi ce dont vous serez convenus.

Guedes se leva […].

*

— Mais c'était vraiment lui, monsieur le juge !

Le juge regarda l'inspecteur Guedes, et ce dernier regarda le juge.

— Alors, Guedes, qu'est-ce que vous me dites de cela ?

— Cela ne me paraît pas très catholique, monsieur le juge. Bien sûr, il n'y a pas de crime, mais
quant à être catholique, cela ne l'est pas du tout.
C'est extraordinaire, cet homme avait l'air franc,
loyal — pas capable de cacher quoi que ce soit
ni de faire des histoires. Et maintenant... Et
maintenant on s'aperçoit qu'il est sorti cette
nuit-là — cela ne veut rien dire, ce pourrait être
une histoire de jupons...

— ... et il récupère les plans.

— En effet, monsieur le juge, voilà qui com-
plique encore plus notre affaire.

Le juge réfléchit un instant.

— Écoutez, Guedes. Vous ne savez rien. Con-
tentez-vous d'hésiter, rien de plus. Ou, tout au
plus, de le remercier encore de nous [...] demain
après-midi, à l'heure qui lui conviendra le mieux.
D'accord ?

CHAPITRE VI

Seconde déposition du commandant Pavia Mendes.

À cinq heures et quart de l'après-midi — le temps nécessaire pour, en sortant de l'Arsenal à cinq heures, arriver au tribunal —, le commandant Pavia Mendes demandait, au Palais de justice, à voir le juge. Il attendit cinq minutes, puis il entra dans le bureau du juge d'instruction avec un air engageant, mais peut-être pas entièrement rassuré. Le juge le reçut avec affabilité et une réserve qui était, ou intentionnellement évidente, ou, du moins, semblait l'être.

— Je vous ai demandé de bien vouloir passer ici, commandant, et je vous prie de m'excuser si cela a pu vous causer quelque dérangement. Je voudrais vous poser quelques petites questions — des questions sans importance — pour remplir quelques vides qui n'ont pas été comblés à propos de l'affaire Vargas.

— Parfaitement ; je suis à vos ordres, monsieur le juge. S'il s'agit de questions auxquelles je suis susceptible de répondre…

Et le commandant sourit.

— Je crois que c'est le cas. La première question est la suivante… Attendez… J'ai ici votre déposition sur l'affaire Carlos Vargas. Vous dites : « Carlos Vargas est sorti de chez moi quelques minutes avant une heure et demie du matin. Je suis allé travailler dans mon bureau, et j'y ai travaillé jusqu'au matin ; au moment où j'allais me coucher est arrivé M. Custódio Borges. Je suis sorti avec lui. »

Le juge cessa de lire et considéra l'officier de marine avec un regard inexpressif.

— Oui, dit ce dernier. C'est juste. C'est ce que j'ai dit. Que voulez-vous me demander, monsieur le juge ? C'est à ce sujet ?

— Oui. Je veux — non, je ne dis pas « je veux » —, *j'aimerais* que vous m'expliquiez pourquoi vous avez occulté le fait qu'après avoir quitté votre domicile à une heure et demie du matin, vous soyez passé devant le poste de police et ayez poursuivi votre chemin d'un pas rapide en direction de Lisbonne. Des amours partagées, commandant ?

Pavia Mendes devint livide, soudainement et entièrement livide. Il regarda d'un air stupéfait le juge d'instruction, qui avait les yeux fixés sur lui, toujours avec un regard inexpressif, derrière la fumée légère d'une cigarette, et, pendant un instant, il fut incapable de dire quoi que ce soit. Il fit une mimique quelconque. Puis il se domina, resta sur la réserve ; il attendit que l'autre reprenne la parole.

Ce dernier fit un geste de la main.

— C'est vous qui avez la parole, commandant, dit le juge d'instruction.

Pavia Mendes s'agrippa fortement au rebord du bureau, par-dessus lequel il fixait le juge. Puis il releva soudain la tête. Il le regarda droit dans les yeux, et dit :

— Je vais tout vous dire, monsieur le juge. Je vais vous expliquer tout ce que vous voulez savoir. Et je vais vous dire, d'ores et déjà, que je vous donne ma parole d'honneur que ce que je vais vous dire est ma vérité. Quand vous m'aurez entendu, vous comprendrez pourquoi, au début, je vous l'ai cachée. Vous verrez, monsieur le juge, que le fait que je l'ai cachée n'avait pas la moindre importance.

Le juge haussa les épaules d'un air qui n'avait rien de déférent.

— Vous avez vos nouveaux plans chez vous ?

— Oui, dit Pavia Mendes d'une voix légèrement changée.

— Bien. Allez chez vous, et prenez ces nouveaux plans. Posez-les à l'envers sur la table. Au dos de l'un d'entre eux il y a une missive écrite à la main. Prenez une gomme et effacez cette missive : cela vaudra mieux, parce que c'est pour qu'on ne voie pas que ces nouveaux plans sont les anciens.

Pavia Mendes fixa le juge avec un visage livide et des yeux qui ne pouvaient rien exprimer d'autre que l'épouvante. Le juge porta sa cigarette à ses lèvres, et il sourit, mais seulement des joues. Ses yeux au regard fixe ne montraient pas le moindre sourire.

— Mais comment…

— Comment je le sais ? C'est ce que vous allez demander ? Ou bien allez-vous demander autre chose ? Et dans ce cas, quelle autre chose ?

— Comprenez-moi, commandant : ce qui m'irritait au plus haut point, c'est que la police, avec la meilleure volonté du monde, ait cherché vos plans de toutes les façons possibles, alors qu'ils étaient en votre possession. Quelle qu'ait été la raison que vous aviez — si bonne fût-elle, ou vous parût-elle — pour cacher à la police que les plans étaient en votre possession, vous n'aviez pas le droit de le cacher à la police — de me le cacher à moi, par exemple. Comprenez que je considère cela plus ou moins comme un manque de considération — si ce n'est plus encore…

*

— … devant votre subordonné.

— Mais, commandant, c'est devant ce même subordonné que vous vous êtes dédit et contredit. Mon subordonné n'est pas présent pour me faire plaisir, ni par hasard : il est présent pour être au fait, si cela s'avère utile, de tous les détails de cet incident. Quand vous avez fait ces déclarations, vous saviez que mon subordonné était présent, parce qu'il est bien visible… Pourquoi n'avez-vous pas fait, dès le début, des déclarations qui m'auraient empêché de vous dire quoi que ce soit qui pût vous sembler désagréable, devant ce même subordonné ? Et ne voyez-vous pas qu'étant donné la situation, franchement fausse, dans laquelle vous vous êtes mis, plus vous vous expliquez devant mon subordonné, moins vous avez à vous expliquer devant mon subordonné ?… Qui est le responsable de cette situation vraiment inconfortable ? J'en appelle à votre intelligence, commandant Pavia Mendes, à votre intelligence, à votre sens pratique, et même à votre sens de la justice.

Pendant quelques secondes l'ingénieur naval ne dit rien.

— Si l'une de mes phrases vous a vraiment offensé, je la retire d'ores et déjà ; mais je ne peux pas retirer la situation qui a motivé cette phrase, si elle a existé, parce que cette situation, c'est vous qui l'avez provoquée, et, là où nous en sommes arrivés, on ne peut plus la corriger. Ma phrase n'est qu'une phrase, et je peux la retirer ; la situation complexe, que vous avez provoquée, est un fait, et les faits ne peuvent pas être supprimés.

— Je reconnais, dit-il enfin, que vous avez parfaitement raison, monsieur le juge. Je voudrais seulement — comment dire ? — que vous n'insistiez pas tant sur ce fait, rien de plus.

Dans la façon même dont l'ingénieur parlait on sentait de la lassitude. Dans le regard du juge l'acuité se voila un peu, et soudainement.

Pavia Mendes reprit :

— Cette affaire m'a donné beaucoup à penser et m'a causé beaucoup de contrariétés. Je me suis vu mêlé à des complications que je n'aurais jamais crues possibles. Je ne suis pas diplomate, ni juriste, ni habitué — je ne dirai pas à mentir, mais à tergiverser et à faire des phrases contournées. Or, les circonstances m'y ont plus ou moins obligé.

Il releva soudain la tête et regarda le juge dans les yeux :

— Je vous demande pardon pour mon manque d'habileté. Peut-être que si j'avais reçu une autre éducation ou, qui sait, exercé une autre profession, j'aurais affronté ce questionnaire, ou comme on voudra l'appeler, de façon plus... plus défensive. Je vois bien que je ne brille pas comme témoin. Je n'ai pas été formé à cet exercice...

*

— Pardon, répondit le juge en souriant ; je suis prêt à croire tout ce que vous me direz, mais à condition que vous me le disiez. Ce que vous taisez, je ne peux pas le croire, parce que je ne sais pas ce que c'est... Maintenant que j'ai entendu ce que vous m'avez dit — je ne pouvais pas entendre ce que vous avez omis de dire —, je me déclare satisfait en ce qui vous concerne. En ce qui concerne ce que vous avez dit au sujet du suicide de Vargas, je ne me déclare pas satisfait parce que je ne comprends pas encore.

— Moi non plus, monsieur le juge.

— Je le sais bien. Mais, je le répète, je ne vous comprends pas [...].

— Je vous affirme, monsieur le juge, et je vous donne ma parole d'honneur, d'homme et de marin, que tout ce que je vous ai dit est la vérité ; que mes plans ne sont revenus en ma possession qu'il y a huit jours, et que, mais je suis obligé par la parole que j'ai donnée de ne pas dire comment ces plans sont revenus entre mes mains, il n'y a rien, dans la façon dont ils sont revenus entre mes mains, dont la justice puisse se mêler ou qui puisse susciter votre intérêt professionnel. Cela, je le garantis et le scelle avec ma parole d'honneur. D'ailleurs, monsieur le juge, permettez-moi de le dire, je n'admets pas que l'on mette ma parole en doute.

Il fit une pause et ajouta :

— Vous ne me croyez pas, monsieur le juge, mais vous n'avez pas lieu de ne pas le faire.

— Une chose, commandant. Combien d'autres suppressions de faits sont-elles ici enrobées de paroles d'honneur ? Il eût mille fois mieux valu que nous les connaissions de votre bouche et que vous nous en disiez davantage. Et plus particulièrement sur ce point.

Le marin devint écarlate, et il se leva de sa chaise en hésitant.

— Mais, monsieur le juge, savez-vous que vous êtes en train de m'insulter ?

— Non, je ne vous insulte pas, répliqua le juge sans se lever mais, au contraire, en se carrant encore un peu plus dans son fauteuil. C'est vous qui nous avez insultés, nous autres policiers, parce que vous nous avez manqué de respect... Vous [...], puis vous avez omis dans votre récit le fait que vous êtes passé sur le chemin. La faute que vous avez commise n'est pas très grave, mais, s'il s'agissait d'une autre affaire, elle le serait. Et vous ne saviez pas si vous la commettriez ou pas. Ainsi, certains que l'homme qui avait descendu le chemin tout de suite après le suicide était celui qui avait vidé les poches de Vargas, les policiers de Benfica se sont mis à chercher qui pouvait bien être cet homme. Or, dites-moi, commandant — votre [...], vous ne pouviez pas la garder sans qu'on vous soupçonne de [...], vous, précisément, en raison de l'heure ?

— Moi, monsieur le juge ?

— Vous, commandant, comme tout autre suspect dans une affaire judiciaire.

— Je vous remercie de ce que vous nous avez dit. Pour ce que vous ne nous avez pas dit, excusez-moi, je ne le peux pas encore [...].

CHAPITRE VII

Deuxième déposition de Custódio Borges. L'affaire apparemment classée. Guedes encore insatisfait. Et Quaresma annoncé.

— Je sais beaucoup de choses, que l'on peut qualifier d'intimes, sur sa vie, mais il y en a aussi beaucoup que je ne sais pas… De même qu'il ne m'avait rien dit, par exemple, des affaires qu'il traitait avec Pavia Mendes, il devrait normalement y avoir bien d'autres choses — je ne dirais pas beaucoup, mais d'« autres » choses — dont il ne m'a sans doute pas parlé. Et, naturellement, ce qui peut vous amener à vous suicider peut être quelque chose de très intime. J'ai du mal à croire au suicide parce que je ne l'ai pas vu vraiment soucieux, et je n'étais au courant de rien qui aurait pu lui causer de gros soucis. Mais, évidemment, en ce qui concerne les soucis, il pouvait très bien ne pas les laisser voir, ne serait-ce que pour qu'on ne lui demande pas de quoi il s'agissait ; quant à la cause de ses soucis, ce pouvait être n'importe quoi en ce bas monde… S'il ne m'en parlait pas, je ne pouvais pas les deviner, d'ailleurs, je le répète, ma réticence à croire à son suicide tient en grande partie à ma vague préoccupation quand je ne l'ai pas vu revenir cette nuit-là. Enfin, je n'insiste pas.

» J'étais vraiment un ami très intime de Vargas, mais, comprenez-le, il ne s'agissait pas d'une intimité totale. Et Vargas était vraiment irrégulier dans ses épanchements. D'ailleurs, ce doit être le cas de la plupart des gens.

[…]

CHAPITRE VIII

Abílio Quaresma. De son entrée en scène à la solution sommaire.

L'homme qui était entré dans le cabinet du juge, et sur lequel ce dernier leva aussitôt ses calmes yeux bleus, ne présentait aucune caractéristique physique, ni la moindre indication physique d'une caractéristique morale, par lesquelles il eût pu passer pour remarquable au milieu d'un groupe de personnes. Il était de taille moyenne, légèrement chauve avec un front haut, il portait une moustache et une barbe mal taillées et d'un châtain grisonnant, comme ses cheveux. Il était vêtu de gris — un costume et un pardessus en état avancé d'usure. Son aspect général donnait l'impression d'une banalité intelligente : son aspect vestimentaire, celui d'un célibataire ni soigneux ni négligé ; il avait un air simple sans être vraiment humble, et son expression était directe sans être impudente. Il s'avança respectueusement, d'une façon ni élégante ni grossière, vers le bureau du juge, puis, arrivé tout près, il le salua d'une inclination de la tête involontairement sèche.

— Vous vouliez me parler ? demanda le juge. Je suis en ce moment un peu occupé, mais j'ai tout de même tenu à vous recevoir. C'est à quel propos ?

— À propos de la mort d'un homme appelé Carlos Vargas, répondit le nouveau venu.

— Vous êtes monsieur Quaresma, Abílio Quaresma, si je ne m'abuse ? Il me semble que c'est ce que l'huissier m'a dit…

Le juge posa des questions inutiles, si bien que l'inspecteur Guedes, qui, en entendant parler de Vargas, avait montré un certain intérêt, comprit que le juge voulait gagner du temps pour évaluer d'avance l'éventuelle importance de cette visite, dont on ne savait rien encore, mais qui était proche de l'affaire à laquelle il se référait.

— Oui, c'est bien moi, répondit le visiteur. Je m'appelle Abílio Quaresma. En fait docteur Abílio Quaresma. Je suis docteur en médecine.

— Et vous — asseyez-vous, docteur —, et vous étiez un ami de ce pauvre Vargas ?

— Non, je ne le connaissais pas. Je ne l'ai d'ailleurs jamais vu. La raison de ma visite n'est pas à proprement parler une déposition, mais une indication.

Quaresma s'interrompit, puis, obéissant à une indication suggérée de façon uniquement manuelle par le juge, il tira une chaise et s'assit. Après quoi il leva les yeux sur le juge et dit avec une grande simplicité :

— Je n'ai rien à voir avec l'affaire Vargas, ni personnellement comme je l'ai dit, ni officiellement, comme, de toute évidence vous le savez, monsieur le juge. Mais il m'est apparu que le juge d'instruction n'avait pas déchiffré le problème qui est à la base de cette affaire, et comme, de mon côté, je l'ai résolu pour m'amuser, il m'a semblé qu'il serait peut-être intéressant que j'apporte ici l'information qui résulte du déchiffrage que j'en ai fait. Il se peut que vous n'en vouliez pas, il se peut que vous n'en ayez pas besoin et même que vous sachiez déjà ce que je viens vous dire. Quel que soit le cas envisagé, je me retirerai sans déception ni remords. Mais il me semble aussi qu'aucun de ces cas ne se présente. Il semble que l'affaire Vargas soit de nature à ne pas avoir encore été élucidée…

— Qu'appelez-vous « affaire Vargas », docteur ?

Le juge alluma une autre cigarette et regarda le médecin d'un air insouciant.

— J'appelle « affaire Vargas » l'incident policier provoqué par la mort de Carlos Vargas et par la disparition des plans du sous-marin du commandant Pavia Mendes.

— Mais en quoi cela constitue-t-il quelque chose que l'on puisse qualifier d'« affaire » ? Vous prononcez le mot affaire, docteur, avec l'intonation de quelqu'un qui fait allusion à un mystère. Il n'y a aucun mystère dans cette histoire. Au début, l'idée qu'un homme se suicide sur un chemin à deux heures du matin nous a préoccupés. Aujourd'hui cela ne nous préoccupe plus : nous savons désormais pourquoi il s'est suicidé.

— Vous le savez ? (Le docteur Quaresma sourit.)

— Oui. Pourquoi ?

— Parce que, si vous le savez, vous ne savez rien, répondit le docteur Quaresma.

Le juge d'instruction posa sa cigarette sur le cendrier d'un geste légèrement tremblant de vague irritation, il se croisa les mains sur le bord de son bureau et regarda le médecin droit dans les yeux.

— Qu'attendez-vous de nous précisément, docteur, ou que voulez-vous nous dire ?

— Je veux apporter à cette chambre d'instruction la solution de l'affaire Vargas. J'ai pensé qu'il se pouvait qu'elle ne l'ait pas. Je sais maintenant qu'elle ne l'a pas. Je considère de mon devoir — un devoir d'ailleurs plus intellectuel que moral... —, de l'apporter.

— Fort bien. Laissons là l'affaire Vargas. Cela veut-il dire que vous êtes en possession de faits relatifs à cette affaire, et que vous venez nous convaincre de l'importance de ces faits parce que vous jugez que nous en avons besoin pour élucider quelque point de l'affaire, ou qui y ait trait ? Un point préliminaire : vos déclarations, ou plutôt les faits sur lesquels elles se fondent concernent-ils indirectement Carlos Vargas, ou au contraire directement les plans de M. Pavia Mendes ? Commençons par là... Posons la question clairement. De quoi avez-vous été témoin, ou de quoi avez-vous eu connaissance, docteur ?

— Je n'ai été témoin de rien, mais j'ai connaissance de tout, répondit le docteur Quaresma. Ce que je viens vous apporter, ce ne sont pas des faits, mais des raisonnements ; par là je n'apporte pas seulement des éléments pour découvrir la vérité, mais la vérité elle-même. Si vous préférez qu'on le dise ainsi, monsieur le juge, c'est ainsi que je le dirai. Je viens apporter des arguments. Les faits sont des choses peu fiables. Contre des arguments, les faits ne sont rien.

Le juge et l'inspecteur regardèrent en même temps le médecin avec une expression semblable et différente. Celle de Guedes était d'une stupéfaction effarée, celle de quelqu'un qui ne comprend rien, et ne comprend pas pourquoi il ne comprend pas. Celle du juge indiquait une stupéfaction plus hésitante que confuse ; il semblait se demander intérieurement si ce discours était le produit de la folie, comme cela en avait l'air, d'une mauvaise plaisanterie, comme cela en aurait eu l'air n'eussent été le lieu qui n'en avait pas l'air, non plus que les circonstances, ou d'une simple affirmation, comme il semblait plus juste de le croire, encore que ce fût plus étrange. Le docteur Quaresma, après les avoir regardés l'un et l'autre, adressa un sourire au juge.

— Mes affirmations, dit-il, revêtent sans doute un aspect étrange. Mais elles sont rigoureusement vraies. J'ai simplement voulu vous préciser, monsieur le juge, pourquoi je suis venu ici. Je suis venu ici parce que je m'intéresse aux problèmes, de la charade au possible mythe ; parce que j'ai trouvé dans l'affaire Vargas un problème curieux, comportant suffisamment d'éléments pour que l'on puisse le résoudre ; enfin parce que je suis certain, ou presque certain, que l'instruction n'a pas tiré des faits la conclusion inéluctable pour un raisonneur.

— Vous nous jugez donc si peu intelligents, docteur ?

Quaresma haussa légèrement les épaules. Son geste vague contenait un vague oui.

— Je ne juge pas. Je vous juge simplement peu habitués à résoudre des problèmes difficiles. Ce n'est pas un manque d'intelligence ; c'est, tout au plus, un manque d'entraînement intellectuel.

— Bien, dit le juge d'une voix lente, que venez-vous nous apprendre, docteur ?

— La vérité, répondit le docteur Quaresma.

Puis, posant les mains sur ses genoux écartés, il poursuivit :

CHAPITRE IX

De l'art de raisonner (d'enquêter). Théorie et enquête
préliminaire sur le cas Vargas.

— La bonne façon d'enquêter sur un cas
comme celui-ci, dit Quaresma pour commencer,
passe par trois phases de raisonnement. La première consiste à déterminer s'il y a réellement
eu crime. La seconde, une fois cela déterminé
de façon positive, consiste à déterminer quand
— parfois, où et quand — et pourquoi le crime
a été perpétré. La troisième consiste, au moyen
d'éléments collectés au cours de ces deux premières phases de l'enquête, et surtout au cours de
la seconde, à déterminer qui a commis le crime.

Il parlait avec une précision qui, tout en paraissant littéraire, était plutôt logique et qui, tout en
semblant relever d'un discours écrit, relevait plutôt d'un discours exact.

— Le raisonnement, ou, d'une façon plus
large, l'intelligence, travaille sur des sensations
— des données fournies par les sens, les nôtres

ou ceux d'autres personnes — ce qui, en termes juridiques, s'appelle un témoignage. Une fois que le raisonnement a travaillé sur ces données, en pesant la valeur du témoignage qui découle de chacun, en les comparant les uns avec les autres, et — chaque fois que cela peut être possible — en obtenant à partir de données (connues) d'autres (non connues jusque-là), nous parvenons à rentrer en possession de ce que l'on appelle des *faits*. Le raisonnement qui, travaillant sur les données des sens, en extrait les faits, nous pourrons lui donner le nom de raisonnement concret. Quand les données procèdent de témoignages dont on peut vérifier qu'ils sont sûrs ; quand, une fois comparés entre eux, ils ne se contredisent pas ; quand, ou séparément, ou avec d'autres qu'ils amènent à découvrir, ils sont suffisamment abondants pour que les faits qui en résultent forment un ensemble cohérent et logique, qui nous permet indubitablement d'établir quel a été, dans sa nature, ses causes et ses fins, l'*événement* dont ces faits constituent les détails, alors l'enquête est terminée, et le raisonnement concret a suffi pour qu'elle le soit.

» Cela se produit toutefois rarement, et en de rares occasions, à partir du moment où l'événement ne s'avère pas très simple, c'est-à-dire formé par un petit nombre de détails, ces derniers étant facilement vérifiables. À partir du moment où le cas est plus compliqué ou plus obscur, il faut se battre contre les difficultés liées

70

au manque de fiabilité des témoins (et un grand nombre de témoins sont peu fiables, en raison d'un manque d'observation, de présuppositions naturelles ou de sentiments, et aussi d'une mauvaise foi délibérée) ; à l'insuffisance de données, qui rend difficile que l'on puisse les comparer entre elles ; et au manque de rapport entre elles, qui rend difficile que par elles on puisse en découvrir d'autres, encore cachées. Or, dans les affaires criminelles, les données tendent à être peu fiables, rares et, en raison de leur rareté, sans grand rapport entre elles. Celui qui commet un crime, sauf s'il s'agit d'un crime survenu brusquement, causé par la passion ou la folie, cherche à laisser le plus petit nombre de traces possible du crime qu'il pourrait y avoir ; et, pour ce qui est de sa préparation, de son exécution et de ses conséquences immédiates, aucun, ou presque aucun témoin. D'où la rareté des faits et, en vertu de cette rareté, ou du manque de rapport entre eux, parce que entre ce qui est *peu* les rapports tendent à être *peu* nombreux eux aussi. Enfin, en matière de crime, les raisons pour qu'il y ait des témoins peu fiables ont tendance à abonder. Le caractère secret du crime contribue à ce que ce que l'on observe sur lui, ou autour de lui, soit imparfaitement observé. Le caractère intéressant du crime tend à produire des témoignages de nature involontairement conjecturale, et les éléments émotionnels, qu'il provoque, à donner des témoignages reposant sur des idées préconçues. Quand le témoignage part, qu'on le sache ou non, de là où il y a complicité directe dans l'action ou complicité indirecte en raison de la sympathie ou de l'antipathie, les témoignages tendent à être de mauvaise foi, c'est-à-dire délibérément faux. C'est pourquoi, dans la plupart des crimes prémédités, si celui qui les a prémédités est astucieux ou intelligent, et s'il ne se produit pas, dans le domaine du crime, quelque incident extérieur qui dérange le plan préconçu, ou, après le crime, quelque erreur de la part du criminel ou une dénonciation de la part d'un autre qui le révèle par la suite, il s'ensuit une insuffisance de données et, conséquemment, un manque de rapports entre elles, des témoignages d'un degré de fiabilité variable qui rend le simple raisonnement concret peu apte, sinon incomplet, à découvrir, dans sa totalité et dans sa nature, ce qu'a été l'événement.

» C'est alors que, comme dernier recours logique, nous devons en appeler au *raisonnement abstrait.* Parmi trois procédés, le raisonnement abstrait en utilise un ou plusieurs : le procédé psychologique, le procédé hypothétique et le procédé historique. Seul le procédé psychologique s'inscrit dans le prolongement de l'action du raisonnement concret : il consiste à approfondir l'analyse des données dont ce dernier extrait les faits — non pas pour se contenter de savoir quelle a été la nature des événements, mais quels ont été l'état mental ou les états mentaux qui ont provoqué cet événement. Certains témoins disent qu'un certain fait a eu lieu à quatre heures de l'après-midi ; un autre qu'il a eu lieu à quatre heures et demie. Le raisonnement concret aura besoin de déterminer à laquelle de ces heures il a eu lieu, ou, plus fréquemment, à quelle heure, car on peut aboutir à la conclusion que cela ne s'est produit à aucune de ces heures. Le raisonnement abstrait, sachant que l'un des témoins se trompe, ou les deux, cherche à savoir pourquoi il s'est trompé ou pourquoi ils se sont trompés. Le fait peut ne pas avoir d'importance, bien entendu, ou il peut en avoir une ; je le cite uniquement pour bien mettre en évidence en quoi le procédé psychologique du raisonnement abstrait ressemble au procédé unique du raisonnement concret, et en quoi il en diffère, tout en en étant pourtant le prolongement.

» Le processus hypothétique consiste, en se fondant sur le peu de faits, ou même de données, que nous possédons, à formuler une hypothèse sur ce qui a pu se produire. Si la comparaison entre des faits ou des données, ou l'absence d'autres faits, qui existeraient nécessairement si l'hypothèse correspondait à la vérité, rendent l'hypothèse insoutenable, alors on formule une autre hypothèse en prenant appui, si c'est possible, sur les erreurs manifestes de la première ; et ainsi de suite jusqu'à ce que l'on trouve une hypothèse qui explique les faits connus et évoque des faits vérifiables non encore connus, ou même on doit renoncer, car aucune des hypothèses que l'on a formulées n'est défendable. Ce procédé semble plus imaginatif qu'intellectuel, et relever davantage de la devinette que de l'investigation. Ce n'est pas vraiment le cas. Le produit de l'imagination est, par nature, inexistant dans la réalité ; le produit de la spéculation hypothétique s'appuie essentiellement sur elle. Dans le premier cas, l'esprit travaille sans limites — ou sans limites étrangères à l'imagination elle-même et à l'harmonie et à la cohérence de ses produits en eux-mêmes. Dans le deuxième cas il travaille dans la limite des données ou des faits, si peu nombreux soient-ils, qui lui servent de fondement. Cette façon de procéder pour avancer dans la recherche est d'ailleurs fréquemment utilisée en science. Pour les choses plus exactes par nature, à partir du moment où il nous manque des éléments pour obtenir la solution scientifique, c'est ce procédé qu'il nous faut adopter. Si nous avons deux équations avec trois inconnues, nous ne pourrons pas les résoudre de façon algébrique : à moins d'abdiquer, il nous faudra procéder par hypothèse, pour aller à la rencontre de la solution, comme cela se produit avec tout procédé hypothétique, par approximations.

» Le procédé historique est analogue au procédé hypothétique, à cela près qu'il utilise des exemples conjecturaux. On peut trouver, dans les circonstances d'un certain événement particulier, disons d'un certain crime, de telles ressemblances avec un autre événement de même ordre, dont on a une connaissance historique que, à la lumière de notre connaissance de l'événement antérieur, nous pouvons formuler, pour expliquer l'événement postérieur, une hypothèse, certes conjecturale, comme toutes les hypothèses, mais non imaginative. Cela ne veut pas dire que le procédé historique soit, par lui-même et en soi plus valable que l'hypothétique. L'un et l'autre sont exploitables et faillibles. Le procédé historique semble relever de la simple érudition, mais ce n'est pas vraiment le cas. Le procédé historique exige, évidemment, une connaissance de l'histoire des affaires parmi lesquelles on peut ranger celle sur laquelle on enquête, exactement de la même façon que le procédé hypothétique exige de l'imagination. Mais la simple érudition historique n'importe pas tant que la façon dont on en use ; de même que la simple imagination importe moins que la façon de la conduire. Il est nécessaire d'aller chercher dans le passé un exemple qui présente une véritable analogie avec l'affaire sur laquelle on enquête, et cette analogie n'est pas toujours immédiatement visible ; elle ne l'est pas toujours non plus en ce qui concerne les détails, ni en ce qui concerne les personnes ; c'est parfois dans ce qui est caché, dans les intentions à déchiffrer qu'elle existe, et l'important est de savoir la discerner malgré la différence, car il doit y en avoir forcément une, qu'il y a entre les deux cas.

» Bien entendu, toutes les opérations du raisonnement abstrait sont, en raison de leur nature même, conjecturales, encore qu'elles le soient de façon différente, c'est-à-dire pour diverses raisons. Nous ne devons cependant pas oublier que, dans l'esprit, il n'y a pas de compartiments étanches, que, dans la pratique, et sans le vouloir, nous utilisons ensemble divers procédés, et que, même si le raisonnement abstrait est par nature conjectural, ce que n'est pas le raisonnement concret, dans la réalité de notre vie mentale, nous n'utilisons pas le raisonnement concret à l'état pur, pas plus que nous n'utilisons le raisonnement abstrait à l'état pur. Il y a toujours, dans les recherches menées par le raisonnement concret, un ou deux éléments, si rapides soient-ils, qui relèvent de la conjecture, d'hypothèses, et donc du raisonnement abstrait ; et très souvent, pour ne pas s'égarer, le raisonnement abstrait se transforme en raisonnement concret. Tout en nous est fluide et mélangé. Nous établissons des classements pour comprendre, mais nous vivons, dans notre corps comme dans notre esprit, en dehors de tout classement.

» Vous pourriez demander pourquoi j'ai fait ce long discours sur les fondements de l'enquête. Je l'ai fait, primo, pour que nous comprenions d'emblée quels procédés nous utilisons pour mener l'enquête, quels sont leur point fort et leur point faible, et comment ils se distinguent et se complètent. Je l'ai fait, secundo, pour que, une fois ces procédés bien différenciés, nous sachions nous appuyer sur eux séparément, sans les confondre de façon arbitraire, quand bien même notre esprit aurait tendance à le faire, car moins nous confondrons les procédés et plus nous aurons de facilité à les utiliser successivement, s'il y a lieu de le faire, pour pouvoir réussir. Je l'ai fait, tertio, pour que, voyant plus clairement combien est pauvre en résultats le raisonnement concret, et incertain en résultats l'abstrait, nous menions l'enquête avec circonspection. C'est en étant circonspects que nous tendrons à être exacts. En étant exacts, nous pourrons ne pas parvenir à une conclusion ; mais en ne l'étant pas, nous ne parviendrons à coup sûr à aucune.

» Cela dit, messieurs, j'entre dans le sujet.

Le docteur Quaresma se tut, prit une sorte de respiration à la fois physique et mentale, en rallumant lentement le cigare que, en gesticulant vaguement tout en le tenant dans la main gauche, il avait oublié. Une fois qu'il l'eut rallumé, il reprit :

CHAPITRE X

Application du procédé hypothétique au cas Vargas. Détermination de la probabilité de la culpabilité de Borges.

— En ce qui concerne cet événement il y a, bien évidemment, trois hypothèses : accident, suicide, homicide. L'application du procédé hypothétique consiste, avant toute chose, à déterminer laquelle de ces hypothèses est avant tout la plus probable : appliquons-lui donc l'hypothèse qui pourrait apparemment l'expliquer.

» Le cas Vargas n'offre pas l'aspect d'un accident. Il n'est pas entièrement impossible qu'il y ait eu un accident, mais l'hypothèse que nous aurions à formuler pour expliquer un accident serait si compliquée et si invraisemblable qu'il vaut mieux laisser de côté, du moins provisoirement, la thèse de l'accident, pour voir si l'une des deux autres ne se présente pas mieux à l'imagination.

» En effet, pour qu'il y ait accident, il nous faut supposer, d'abord, que Vargas, en s'engageant dans le chemin ou une fois arrivé à un certain endroit du chemin, a sorti son pistolet. Jusque-là tout va bien, car il n'y aurait rien de plus naturel que de sortir son pistolet, ou d'avancer avec un pistolet à la main, sur une voie comme celle-là. Ce qui est difficile à établir, c'est le passage de cet acte en vérité naturel à celui consistant à avoir le canon du pistolet appuyé sur le côté de la tête (sur la tempe droite). De toute façon on peut imaginer qu'un homme tienne un pistolet avec des intentions défensives, mais moins qu'il le tourne contre lui, et moins encore en un endroit du corps tel que la tête. Il nous faut formuler une supposition compliquée pour admettre cette possibilité, et cette supposition, c'est que, Vargas ayant sorti son pistolet, et marchant en le tenant à la main, ait soudain glissé — contre le mur, par exemple, car il s'est effectivement frotté contre le mur —, que, en glissant, et s'étant déséquilibré de ce fait, il ait levé la main, ou les deux mains, pour ne pas tomber, ou en faisant un simple geste insensé dans cette première intention instinctive ; que, en faisant ce geste brusque, accompagné d'un tressaillement nerveux qui lui a fait enlever le cran d'arrêt du pistolet, ce dernier lui ait un moment touché la tempe, et qu'à ce moment-là l'arme se soit déchargée. On peut aussi envisager un vertige, qui l'aurait amené à lever la main à sa tête, puis, dans le déséquilibre même dû au vertige, à tourner absurdement le pistolet, et, dans l'énervement dû au déséquilibre, à enlever le cran d'arrêt. C'est une variante de la même histoire hypothétique.

— Voilà qui est extrêmement ingénieux, s'écria le juge, en souriant. Ce n'est sans doute pas très probable, mais c'est une hypothèse beaucoup plus probable que tout ce que quiconque pourrait imaginer pour avancer celle d'un accident. Je croyais cette dernière entièrement inconcevable, mais vous venez de me démontrer qu'elle ne l'est pas — et je dirai même qu'elle est quasiment loin de l'être. C'est on ne peut plus ingénieux.

Quaresma lui sourit en retour.

— Quand les données sont rares, monsieur le juge, l'homme habitué à l'utilisation des méthodes de raisonnement n'éprouve pas de grande difficulté à formuler une hypothèse, même pour les suppositions les plus absurdes, comme se présente en principe celle de l'accident dans le cas qui nous occupe. C'est comme pour le phénomène d'association d'idées. Entre deux idées, si différentes et si incompatibles soient-elles naturellement, il est toujours possible d'établir un lien logique, en intercalant le nombre précis d'idées maillons qui rendent logique le passage de l'une à l'autre. Quand, au lieu de deux, les idées apparemment incompatibles sont trois, il est légèrement plus difficile d'établir un passage logique de la première à la deuxième et de la deuxième à la troisième. Et, avec le nombre d'idées la difficulté de former des maillons augmente, jusqu'à ce que l'on parvienne à un nombre suffisant d'idées pour qu'il ne soit pas possible de former avec elles autre chose qu'*un tout* harmonieux d'associations.

Il en va de même pour les données de n'importe quel problème. Si peu qu'il y en ait, il est toujours possible de trouver une solution imaginaire qui les englobe toutes et forme avec elles un événement logique. Et alors deux cas se présentent à nous : (1) ou il n'y a qu'une solution, et elle est invraisemblable, (2) ou il y a plusieurs solutions également applicables, entre lesquelles il est donc difficile, voire impossible de choisir, mais qui sont vraisemblables.

— Attendez, docteur : pourquoi faut-il que ce soit une chose ou l'autre ? Pourquoi ne peut-il pas y avoir une seule solution, mais qui soit vraisemblable ?

— Parce que, pour qu'il en soit ainsi, il faudrait que les données elles-mêmes soient simples, car ce n'est que dans ces conditions que la solution peut être simple elle aussi, et être vraisemblable veut dire être simple, car ce qui est invraisemblable — dans une affaire logique — est tout simplement ce qui est compliqué. Mais, si les données sont simples, surgissent aisément *plusieurs* hypothèses, car ce qui est simple est ce qui n'a pas beaucoup d'attributs, et ce qui n'a pas beaucoup d'attributs est ce à quoi de nombreux attributs peuvent être attribués, étant donné qu'il n'y en pas d'autres pour les contredire. L'hypothèse ne pourrait être unique et vraisemblable que s'il s'agissait d'un grand nombre de données, mais c'est précisément ce dont il ne s'agit pas, ni dans l'hypothèse que j'ai avancée, ni dans le procédé hypothétique, ni dans l'utilisation du raisonnement abstrait en général : comme je l'ai dit, ce dernier ne sert que quand le raisonnement concret ne peut pas opérer, et cela se produit quand les données sont insuffisantes.

— Je comprends parfaitement. Continuez, je vous en prie, docteur Quaresma.

— Considérons, maintenant, l'hypothèse du suicide. Le suicide est, essentiellement, un acte antinaturel, car c'est une opposition directe de l'individu au plus fondamental de tous les instincts, qui est celui de la conservation de la vie. Par ailleurs le suicide est contradictoire. Le but de celui qui se suicide est de supprimer quelque chose d'inclus dans sa vie, qui l'effraie ou l'opprime. C'est pour cela qu'il supprime sa propre vie. L'instinct consistant à supprimer une chose qui opprime ou effraie est une pulsion naturelle, qui procède de l'instinct de conservation lui-même, qui rejette naturellement ce qui effraie ou opprime, comme tout ce qui est douloureux ou désagréable, parce qu'il diminue cette vie que l'on veut conserver.

» Mais, en voulant supprimer cet effroi ou cette oppression, celui qui veut se suicider s'égare, son instinct est perturbé, il se contredit ; et il finit par s'attaquer à cette vie même pour la défense de laquelle il a voulu supprimer l'effroi ou l'oppression. Ainsi le suicide est, clairement, un acte de panique ; sa nature s'adapte à la nature de cette forme aiguë, insensée et paradoxale de la peur.

La peur est donnée à l'animal pour se défendre du danger, ou en le fuyant, ou en l'affrontant avec violence — la violence née de la peur elle-même. Dans la panique, pourtant, soit l'animal demeure pétrifié et tremblant, si bien qu'il ne peut ni fuir ni se défendre, soit il fuit éperdument — dans n'importe quelle direction, et cela peut être pire que l'origine du danger, vers l'origine même du danger parfois — et ainsi il contredit l'instinct même de fuite, et partant de peur, qui consiste à rechercher la sécurité ou le salut.

» Chez l'individu humain, la panique peut être motivée par deux choses : par prédisposition naturelle, c'est-à-dire une disposition naturelle à la peur extrême, autrement dit la lâcheté, qui, de par sa nature, convertit un petit danger ou un petit risque en un motif de panique ; ou par l'incidence extrême d'un danger réel, d'un risque véritable, sous l'influence duquel l'individu, quoique normalement courageux — ou même, en fonction du fait extérieur, anormalement —, se réfugie temporairement dans la lâcheté.

*

» De ces trois raisons, qui peuvent conduire au suicide, la première et la deuxième n'existaient pas, à notre connaissance, dans le cas de Carlos Vargas. On ne sache pas qu'il ait eu une propension innée au suicide ; s'il l'avait eue, on le saurait, car ceux qui ont cette propension ont pour caractéristique d'y faire souvent allusion, et ils font souvent allusion à des suicides survenus chez d'autres. Celui qui est suicidaire de naissance, pour l'appeler ainsi, abonde en allusions au suicide, étant donné que cela constitue l'un de ses soucis ; ces allusions peuvent cesser quand, au lieu que ce soit un vague souci de l'imagination, ce dernier se concrétise en devenant nettement le souci de se suicider. Mais, avant cela, il y a eu des allusions à la pelle tout au long de sa vie.

» Il n'apparaît pas non plus qu'il y ait eu une raison d'ordre externe insistante pour que Vargas se suicide. Une maladie constante et douloureuse ou une maladie incurable, il est quasiment certain qu'il n'en avait pas ; non seulement parce que le témoignage commun n'en savait rien, mais aussi parce que le témoignage scientifique, celui de l'autopsie, particulièrement orienté vers une recherche de ce genre, n'a rien découvert.

» Reste la supposition selon laquelle Vargas se serait suicidé sous le coup d'une pulsion subite, motivée par un danger ou une crainte survenus soudainement, qui aurait subverti de façon irrémédiable son instinct de conservation et ses inhibitions naturelles. Or, en effet, le lieu et l'heure du suicide, ainsi que les circonstances et les témoignages qui rendent improbables les deux autres causes de suicide, tendent à faire accepter cette solution comme étant la seule à laquelle le suicide peut être lié.

» Il nous reste donc que, si Carlos Vargas s'est suicidé, il s'est suicidé sous le coup d'une pulsion subite, due à une cause subite, à moins que nous ne voulions supposer qu'il a été pris d'un subit accès de folie, ce que rien de son histoire passée ne nous a fait prévoir ou admettre. Quelles sont, à la lumière des témoignages que nous avons, les données sur ce qui a précédé de près la tragédie du chemin da Bruxa ? Ce sont les suivantes : Vargas venait de dîner chez le commandant Pavia Mendes — ce qui est certain —, qu'au cours de ce dîner il ne s'est rien passé d'anormal — ce qui correspond simplement à la déposition de Pavia Mendes, et vaut ce que cette dernière peut valoir —, et que, après être sorti de chez ce dernier, il a parlé quelques minutes, au débouché du chemin sur lequel il est mort, avec un individu dont on ne sait pas qui il est, qui est apparu avec une précision suspecte, et qui n'a pas remonté le chemin avec lui.

» En l'absence de données précises et claires sur la motivation qui aurait pu plausiblement amener Carlos Vargas à se suicider, il nous faut choisir de façon hypothétique, parmi les rares que nous ayons, la plus plausible qui se présente à nous. Or, il ne fait aucun doute que la conversation avec l'inconnu comporte tous les éléments de la plus grande plausibilité à cet effet. En premier lieu, il s'agit du fait qui — à notre connaissance — a immédiatement précédé le suicide. En second lieu, il s'est produit dans des circonstances absolument anormales, car telles sont celles dans lesquelles est apparu cet individu. En troisième lieu, il y a quelque chose qu'il a fallu cacher dans cette rencontre, étant donné que l'individu inconnu n'a jamais voulu se faire connaître, malgré les amples révélations journalistiques sur cette affaire, et les appels directs de la police à ce sujet.

» Si Vargas s'est suicidé, nous conclurons donc qu'il s'est suicidé sous le coup d'une pulsion subite, motivée par quelque chose qui s'est passé lors de la conversation qu'il a eue avec l'inconnu qui l'a rencontré de façon si étrange au débouché du chemin. C'est l'hypothèse la plus probable.

» Cependant, qu'aurait-il pu se passer lors de cette conversation pour qu'une dépression très profonde, ou une terreur très profonde, s'abatte brusquement sur Vargas et le pousse au suicide ? Les hypothèses possibles sont innombrables. En nous fondant, toutefois, autant que nous le pouvons, sur le peu que nous savons d'accessoire sur l'affaire, nous ne trouvons qu'une chose qui soit susceptible de nous orienter — les plans du sous-marin du commandant Pavia Mendes. C'est l'unique élément que nous ayons parmi les faits qui ont immédiatement précédé le suicide hypothétique. C'est de ce sujet qu'il a été explicitement question chez Pavia Mendes. C'est donc de ce sujet que l'inconnu pouvait savoir, d'une façon qui nous échappe, qu'il serait question chez Pavia Mendes, et c'est à cause de ce sujet que l'on peut admettre qu'il devait attendre Vargas quand il sortirait de chez l'ingénieur naval.

» Avant toute chose, il nous faut laisser de côté le fait que le cadavre a été retrouvé les poches vides. Il est si facile — et presque inévitable — qu'un homme, surtout bien habillé et étendu raide mort dans la rue, soit détroussé par n'importe quel passant, sauf si le premier à passer est un homme de bien, que nous n'avons pas le droit, logiquement, sans en savoir plus long, d'associer la mort et le vol.

» Dans le cas du vol, si — comme c'est probable — Vargas avait sur lui les plans du sous-marin, il y a d'ailleurs plus d'une hypothèse. Il y en a quatre : le vol total perpétré par un assassin — dans l'hypothèse d'un assassinat — qui aurait tué pour voler ; le vol total perpétré par un inconnu qui serait tombé par hasard sur le cadavre ; le vol des plans perpétré par un assassin ou un inconnu, et le vol subséquent du reste par un autre inconnu ; le vol des plans par un assassin, complété par le vol du reste, pour que l'on n'ait pas l'impression que c'était uniquement pour voler les plans qu'il avait commis un assassinat.

» Tout cela montre qu'il nous faut laisser de côté le problème du vol, du moins provisoirement, et considérer uniquement celui de la mort. Si nous parvenons à une conclusion hypothétique probable, il y aura peut-être lieu, à la lumière de cette conclusion, de reconsidérer le problème du vol et de voir laquelle des quatre hypothèses, que nous avons d'ores et déjà déterminées pour l'expliquer, correspond, ou correspond plus que d'autres, à cette hypothèse fondamentale.

CHAPITRE XI

Application du procédé historique. (La bataille de...)

[...]

CHAPITRE XII

Application du procédé psychologique. (Psychologie pathologique.)

— L'homme, comme d'ailleurs tous les animaux, a une vie psychique, ou mentale, composée de deux éléments opposés — l'élément, communément désigné, pour résumer, par l'expression « les sens », par lequel il entre en contact avec le monde dit extérieur, prend connaissance de ce dernier, et établit des liens avec lui ; et l'élément qui va de la conscience de soi à l'idée abstraite, et par lequel il entre en contact avec le monde que nous pouvons nommer interne — le monde de ses souvenirs, de ses imaginations, de ses idées, de son être comme il le pense et le ressent.

» Ces deux éléments sont nécessaires à la vie de l'homme, et tous deux sont nécessaires dans une égale proportion, c'est-à-dire en fonctionnant avec une égale intensité, car, si ce n'est pas le cas, il se produit un déséquilibre. Mais pour qu'il y ait un équilibre entre deux choses il faut qu'il y ait entre elles une relation. Pour que deux corps s'équilibrent sur les deux plateaux de la balance, il faut que la balance existe. Cela veut dire que, au fond, en réalité, la vie psychique de l'homme se compose, non seulement des deux seuls éléments que l'on remarque tout d'abord, mais de trois — ceux-là et un troisième, que nous appellerons le sens de la relation.

» Or, chaque élément constitutif de la personne humaine, ou même animale, est susceptible d'exister à des degrés divers, dont les degrés moyens, encore qu'ils soient infinis, constituent ce qu'on appelle la "normalité", et les degrés supérieurs ou inférieurs à ceux-ci l'"anormalité", la maladie, la morbidité. Cela est vrai pour le corps comme pour l'esprit, à cette différence près que, dans le corps, qui est un ensemble extrêmement complexe, nous avons une foule d'éléments divers à considérer, alors que, dans l'esprit, il nous suffit de considérer, étant donné la simplicité de sa constitution, les trois éléments qui le composent et le définissent — le sens objectif, le sens subjectif et le sens relationnel.

» Comme, de par leur nature, le sens objectif et le sens subjectif sont opposés, il s'ensuit qu'une exaltation morbide de l'un d'eux se manifeste, inversement et parallèlement, par une dépression morbide de l'autre, ou vice versa. Le phénomène est toujours le même : il opère en sens inverse dans les termes opposés de la composition chimique. Le sens relationnel, cependant, est susceptible lui aussi, puisqu'il existe, d'être affecté par la maladie ou l'anormalité ; comme il existe pour faire entrer en relation les deux autres, le résultat de sa maladie consistera en une perturbation des relations entre le sens objectif et le sens subjectif, sans qu'il y ait nécessairement exaltation de l'un ou de l'autre et, inversement, dépression ou exaltation du sens opposé, à moins que ce déséquilibre n'existe indépendamment de la maladie du sens de la relation.

» Ainsi avons-nous quatre types de morbidité chez l'homme : le premier, où le sens objectif s'exalte et, à l'inverse, le subjectif se déprime ; le deuxième, où le sens subjectif s'exalte et, à l'inverse, l'objectif se déprime ; le troisième, où le sens de la relation s'exalte ; le quatrième, où le sens de la relation se déprime.

» Le premier, qui est normal chez les animaux, chez qui le sens objectif l'emporte de loin sur le subjectif, correspond, quand il apparaît chez l'homme, à l'idiot ou à l'imbécile. Le deuxième correspond au fou, qui est essentiellement la créature dont la vie subjective s'exalte au point de lui faire perdre la notion objective des choses. Le troisième correspond à l'homme de génie ; car le génie, à mes yeux, et selon ce raisonnement, est l'exaltation morbide du sens de la relation, exaltation morbide qui a le curieux effet de produire un excès d'équilibre, une maladie de la lucidité qui n'est que lucidité. Le quatrième, enfin, correspond au criminel. Le criminel, dirai-je alors, est un idiot relationnel.

» Le criminel n'est pas un fou, quoiqu'il puisse

être fou, car, comme je l'ai dit, une maladie du sens de la relation peut coïncider avec une maladie des sens objectif et subjectif. Le criminel n'est pas l'idiot mental, encore que, pour la même raison que dans l'autre cas, il puisse être un idiot mental. Il est très rare, sauf exception, que le criminel soit un homme de génie, dans le vrai sens du terme, car, comme je l'ai exposé, le crime se fonde précisément sur le phénomène mental contraire à celui sur lequel se fonde le génie. Ce qui peut se produire, c'est qu'il y ait des moments, des phénomènes occasionnels de dépression du sens de la relation, comme il peut y en avoir chez l'homme normal. Je crois d'ailleurs que le seul cas où l'on peut rencontrer quelque chose de semblable à la conjonction du génie authentique et du crime est celui de Benvenuto Cellini.

» Or, tous ces phénomènes que j'ai décrits peuvent être organiques ou épisodiques. Certaines circonstances liées à l'éducation, au milieu, et d'autres plus occasionnelles à un bien moindre degré, peuvent, jusqu'à un certain point, faire d'un homme qui, sans eux, serait normal, un imbécile. Certaines circonstances, plus faciles à susciter, peuvent faire d'un homme normal un fou. D'autres circonstances, de même que certains stimulants, certains moments d'exaltation spirituelle, et d'autres de même nature, peuvent produire, dans un cerveau non génial, des étincelles de ce qui, si cela était constant, serait du génie. Tel homme, naturellement normal, et donc banal, mais intelligent, aura un moment où il écrira un sonnet qui, le seul de sa production, restera dans une anthologie. Tel autre — et cela est plus commun — aura un trait d'esprit que nous attribuerions volontiers à un esprit réellement génial. Le trait d'esprit est même l'un des exemples les plus curieux du phénomène rare du génie occasionnel : il convient de remarquer que la plupart du temps il naît de la stimulation de la société, de celle du vin, ou d'autres du même genre.

» De même, comme nous le savons tous, il y a des circonstances occasionnelles qui peuvent faire de l'homme, dont nous dirions qu'il est normal, et qui l'est effectivement, un criminel. Tel homme, normalement moral, mais faible, commettra une malversation sous la pression de circonstances perturbatrices et de l'occasion fallacieuse. Tel autre, non moins normal, tuera sa femme dans un accès de rage pour se venger d'une trahison. Ces cas, qui ne sont pas vraiment exceptionnels, le sont pourtant plus que nous ne le pensons. Dans bien des cas de crime apparemment occasionnel, nous trouvons, en cherchant bien, un fond d'anormalité, peut-être vague, peut-être rare, mais qu'une circonstance occasionnelle, violente et particulière a réussi à faire remonter à la surface. Toutefois, et cela sera évident aux yeux de tous, ce qui distingue le criminel-né — appelons-le ainsi — du criminel occasionnel, encore qu'il y ait chez ce dernier un vague fond de morbidité, c'est l'une de ces trois caractéristiques : la disproportion entre

la stimulation et la réaction criminelle ; la réci-
dive constante dans le crime ; et la préméditation.

» Toutefois, le crime, occasionnel ou non, est
toujours un crime. Comme, cependant, le crime
occasionnel, précisément parce qu'il est occasionnel, montre de façon encore plus claire et
plus distincte, étant donné qu'il apparaît sur un
fond non criminel ou peu criminel, la mécanique du crime, et comme l'homme normal, ou
presque normal, chez qui il apparaît, nous est plus
facile à comprendre que l'anormal, la meilleure
façon d'étudier la mécanique du crime et, sub-
séquemment, l'âme du criminel, consiste à faire
l'analyse de la façon dont surgit, dans un esprit
normal ou presque normal, la pulsion aboutie
ou tentée de commettre le crime.

» La disproportion entre la stimulation et la
réaction criminelle est une caractéristique du
criminel fou, c'est-à-dire, ou du fou qui devient
criminel, ou du criminel chez qui il y a un élément concomitant de folie. La constance dans
la pratique du crime est une caractéristique du
criminel idiot, ou de l'idiot malveillant, type fréquent, ou du criminel chez qui se trouve un élément concomitant d'infériorité mentale. C'est
dans le crime avec préméditation qu'apparaît
l'exemple parfait, je dirais même l'exemple par
excellence, du criminel. Comme, chez ce type de
criminel, son idiotie relationnelle ne se conjugue
pas avec le moindre phénomène morbide provenant des sens antagoniques et de leur propre

déséquilibre, comme, chez ce type de criminel, la maladie qui fait de lui un criminel dérive exclusivement d'*une perturbation du sens de la relation*, il n'y a pas lieu de s'étonner qu'on trouve en certains crimes de relation quelque chose qui ressemble à du génie. C'est que, dans toute maladie, il y a en quelque sorte l'ébauche de quelque chose de pendulaire : dans le génie, la fréquente insociabilité, qui est la même chose, sauf que c'est à un moindre degré, que le fondement du crime : chez le criminel qui prémédite son crime, l'exaltation et la clarté d'organisation qui le convertit parfois *en un véritable stratège*, encore que dans un champ limité. D'ailleurs, à ce propos, mais entre parenthèses, j'aurai plus tard l'occasion de m'occuper du stratège de façon plus détaillée.

*

» Cherchons à savoir, dit le docteur Quaresma, quel est l'esprit de l'assassin, autrement dit, quels sont les phénomènes le distinguant de l'homme normal qui se passent dans son esprit et le font tel qu'il est.

» Or, pour toute étude de ce qui est anormal, nous serons sur le bon chemin si nous partons de ce qui est normal, parce que c'est quelque chose que nous connaissons. Il peut sembler difficile de partir du normal pour aller vers l'anormal, en général, et, plus particulièrement, de partir de l'esprit pacifique propre à l'homme commun pour aller vers l'esprit de l'assassin. Mais ce n'est pas le cas. Il est facile, il est commun d'induire chez un homme normal l'état de folie : il suffit de l'enivrer. Il est facile, il est commun que l'on induise chez l'homme normal l'état d'homicide : il suffit de l'envoyer à la guerre. L'ivrogne agit comme un fou, le soldat agit comme un assassin. Dans les deux cas l'anormalité est occasionnelle. Dans les deux cas, l'anormalité est produite par quelque chose d'extérieur à l'individu — l'alcool dans un cas, la convention et la pression sociales dans l'autre. Ce que nous devons étudier est ce qui suit : quels sont exactement les phénomènes qui font que l'ivresse s'apparente à la folie ? quels sont exactement les phénomènes qui font que le soldat devient un homicide ? Une fois ces phénomènes connus, il nous suffit de les considérer comme étant permanents, au lieu d'être occasionnels, que nous en placions les causes à l'intérieur, et non à l'extérieur de l'individu, pour avoir une connaissance certaine de l'esprit du fou et de celui de l'assassin.

» Prenons, à titre d'exemple éclairant, le cas de la comparaison de l'ivresse avec la folie. La ressemblance, une fois les différences extérieures mises de côté, est absolue : même manque de maîtrise de soi, même émergence de tendances réprimées, en raison de ce manque de maîtrise, même manque de coordination des idées, des émotions et des mouvements, ou fausse coordination des uns et des autres. Considérons, par un effort mental qui ne pose pas de difficulté, que cette ivresse est permanente : nous avons, par intuition personnelle, car nous nous sommes tous enivrés au moins une fois, la connaissance intime de la façon dont fonctionne l'esprit du fou. Nous avons cette connaissance dans ses détails essentiels — la perte de l'inhibition, la perturbation des émotions, le manque de relation exacte avec le monde extérieur.

» Considérons maintenant le soldat. Pourquoi le soldat tue-t-il ? À cause de l'imposition d'une pulsion extérieure qui oblitère entièrement en lui toutes les notions normales de respect de la vie et de la loi ; cette pulsion externe peut être la patrie, le devoir, ou la simple soumission à une convention, mais le fait est que c'est exactement comme l'alcool qui a fait de l'autre un fou, quelque chose venu du dehors. La guerre est un état de folie collective, mais, dans ses conséquences sur l'individu, elle diffère de l'ivresse : l'ivresse le pervertit, la guerre le rend anormalement lucide, en raison d'une abolition des inhibitions morales. Le soldat est un possédé : en lui, et à travers lui, fonctionne une personnalité différente, sans loi ni sens moral. Le soldat est un possédé, ou quelqu'un d'intoxiqué par l'une de ces drogues qui donnent une clarté factice à l'esprit, une lucidité qu'il ne doit pas y avoir devant la profusion de la réalité.

» Je dirais même qu'il ne doit pas être faux d'affirmer que les grands hommes d'action sont tous des possédés, que la clarté véritable et saine n'a sa place que dans la recherche scientifique et dans la pensée qui en découle — et il est curieux de constater que ces métiers mentaux, quand ils sont continuellement exercés, tendent à affaiblir la volonté, et à rendre inapte à l'action. D'une certaine façon, nous sommes tous des possédés, et la libération nous déprime comme le manque de la drogue par laquelle nous sommes intoxiqués.

» Or, ces phénomènes qui apparaissent chez le soldat, et à cause desquels l'homme normal devient un assassin, ont une ressemblance accentuée avec les phénomènes de l'hypnose, qui consiste précisément en l'intromission, chez un individu, d'une mentalité extérieure à la sienne. Or, ces phénomènes d'hypnose peuvent aisément apparaître chez les individus que l'on nomme hystériques, c'est-à-dire chez les individus qui souffrent de la neuropsychose que l'on appelle l'hystérie.

» Je ne fais pas grand cas de la désignation "hystérie". Vous pouvez l'appeler d'une tout autre façon si vous voulez. Mais il existe, sans aucun doute, un état nerveux d'une extrême mobilité et instabilité, dans lequel une suggestion extérieure forte opère avec une remarquable facilité, parce qu'elle ne rencontre pas de résistance ni dans l'inhibition ni dans n'importe quelle fixité tempéramentale.

» Dans le cas du soldat, il convient de remarquer que l'individu normal n'est pas hystérique, mais que la guerre le rend hystérique — toute personne peut devenir hystérique —, en même temps qu'elle le suggestionne.

» Dans le cas de l'assassin, il nous faut considérer que, comme chez le fou par rapport à l'ivrogne, la pulsion, au lieu d'être externe, est interne. L'assassin est donc un hystérique suggestionné de l'intérieur.

» Or, cet intérieur peut correspondre à trois choses — une pulsion passionnelle et occasionnelle ; ou une disposition profonde du tempérament ; ou — j'attire votre attention sur ce point ! — une formation mentale et émotive qui crée, à l'intérieur de l'individu, un être capable de suggestionner.

» Dans le premier cas, nous avons l'assassin passionnel, dans le sens exact du terme ; je veux dire celui qui assassine sous le coup d'une pulsion immédiate, sans préméditation parce que, comme on le dit vulgairement, "il a perdu la tête". Dans le deuxième cas, nous avons l'assassin-né, l'individu chez qui les qualités morales fondamentales sont oblitérées de naissance. Dans le troisième cas, nous avons un assassin à qui les psychiatres et les criminologues n'ont pas prêté l'attention qu'il mérite : l'assassin par autosuggestion prolongée.

» Si, donc, nous considérons que l'assassin est un hystérique superficiel mû par une pulsion épileptoïde, nous devrons admettre que tout assassin est un hystéro-épileptique.

» Dans ces neuropsychoses mixtes il convient cependant de considérer une chose : c'est que le dosage des deux neuropsychoses composantes est si divergent que les hystéro-épileptiques —

comme les autres mixtes, les hystéro-neurasthéniques — appartiennent à un grand nombre de catégories et de genres.

» Ainsi avons-nous trois types de relation entre l'épilepsie et l'hystérie chez les trois catégories d'assassin. Chez l'assassin passionnel, il y a une tendance hystérique qui, avec la poussée épileptique du moment, forme occasionnellement l'hystéro-épilepsie. Chez l'assassin qui médite son crime, l'hystéro-épilepsie est radicale et, pour ainsi dire, équilibrée. Il n'y a pas d'hystérisation du moment, il n'y a pas d'épileptisation du moment : il y a une lente accumulation de pulsions externes, réprimées dans leur réaction immédiate, ou de pensées qui deviennent comme des pulsions externes.

» La mentalité de l'assassin qui prémédite son crime présente une grande analogie avec la mentalité du stratège. Tous les grands généraux ont été épileptoïdes ; on peut le vérifier dans leurs biographies. Mais ceux qui ont été de grands stratèges à proprement parler ont été aussi nettement hystériques. Cela se voit dans les éléments étonnamment féminins qu'il y a chez Frédéric le Grand, d'une façon scandaleuse […], et dans le tempérament d'acteur de Napoléon. (*"Tragediante ! comediante !"* lui criait le pape.)

» Mais à l'intérieur de l'hystéro-épilepsie proprement dite, c'est-à-dire radicale et équilibrée, nous pouvons distinguer trois types très différents entre eux. Il y a celui où l'épilepsie domine l'hystérie, et, pour ainsi dire, la colore. Et il y a celui[1] où elles s'équilibrent si bien qu'elles donnent l'impression d'une troisième chose, à l'instar du bleu et du jaune, qui, mélangés, donnent une troisième chose, appelée le vert.

» Dans le crime qui nous occupe, étant donné ses caractéristiques de préméditation et de soin dans l'exécution, nous avons affaire à un assassin qui est un hystéro-épileptique radical. Mais, étant donné la complication des préparatifs, ce qui appert, semble-t-il, de la recherche de difficultés à surmonter, nous avons affaire à un homme qui fait de la littérature avec l'action, c'est-à-dire à un hystéro-épileptique radical chez qui prédomine l'élément hystérique.

[…]

*

[…]

» L'équilibre existe grâce à l'équivalence de deux tendances opposées. Ainsi, un homme doté d'une dose égale d'émotivité et d'intelligence est un homme équilibré, si haut que soit le degré de chaque ingrédient de son esprit. À un haut degré, c'est un homme qui possède le génie poétique, et il est aisé de distinguer chez un Shakespeare la profonde équivalence entre l'émotion intense et profonde et l'intelligence compréhensive et expressive. Chez un Poe, nous avons un développement égal de l'imagination et du raisonnement.

1. Il manque ici la deuxième catégorie.

» Ce criminel, qui a commis un crime sans erreur, sans défaut, sans faille dans son exécution, est un homme équilibré, dans le cadre de l'anormalité de son équilibre. C'est, à sa façon, un homme de génie, un parfait artiste dans l'acte de tuer.

» Un respect émotif pour la vie, voilà ce qui évite que l'on tue. C'est ce qu'a le bouddhiste ; c'est ce qu'aurait le chrétien, s'il l'était effectivement.

» Celui qui n'est pas capable de tuer un homme n'est pas capable non plus de tuer un poulet. À l'inverse, celui qui est capable de tuer un poulet est capable de tuer un homme ; le tout est de lui fournir les circonstances externes qui font des autres hommes des poulets à ses yeux, ou un homme bien déterminé — c'est-à-dire les circonstances extérieures où peut s'obnubiler, non pas l'émotion de l'existence (elle est déjà obnubilée chez celui qui peut tuer), mais la notion d'identité d'une autre vie humaine au même titre que la sienne (qui est ce qui est obnubilé chez celui qui tue effectivement).

» Les crimes passionnels sont des crimes d'amour ou de haine ; ils sont commis pour infliger un châtiment amoureux ou par vengeance. Or, l'amour est une hystérie, même si c'est une hystérie normale. (De la même façon la grossesse est un phénomène simultanément normal et anormal, sain et morbide à la fois.)

» Dans le cas du soldat, nous avons l'hystérisation doublée d'épileptisation. Le phénomène hystérique et le phénomène épileptique sont distincts mais superposés.

» Dans le cas du passionnel, nous avons une hystérie qui va jusqu'à l'épilepsie.

» Dans le cas du criminel-né, ou de tempérament, nous avons l'hystérie et l'épilepsie qui coexistent mais en fusionnant, en s'interpénétrant, et elles s'interpénètrent parce qu'elles sont congénitales et qu'aucune des deux n'a été induite, comme dans le cas du soldat (où elles sont toutes les deux induites) et du passionnel (où une seule est induite, l'épilepsie).

» Chez le criminel-né nous pouvons distinguer deux types, selon que, dans la fusion hystéro-épileptique, la charge hystérique sera plus grande, ou plus grande la charge épileptique. Dans le premier cas, qui est le plus commun, nous avons l'assassin qui tue par intérêt, c'est-à-dire l'assassin doublé d'un voleur. Dans l'autre cas nous avons le pur cas du tueur, qui répugne presque toujours au vol.

» Il y a trois sortes de neuropsychoses, la neurasthénie, l'hystérie et l'épilepsie. (Peu importe la façon dont les psychiatres les appellent, ou vont les appeler. Le psychologue rencontre les trois types distincts de psychonévroses. Les psychiatres sont rarement des psychologues, ils ne le sont d'ailleurs jamais pour la bonne et simple raison qu'ils sont médecins. Les médecins s'occupent des symptômes plus que de l'ensemble, ce qui n'est pas gênant dans les maladies physiques, car c'est en effet des symptômes que l'on induit la maladie ; mais, dans les maladies mentales, même les symptômes, on ne les […] (Si vous voulez savoir ce qu'est l'hystéro-neurasthénie, par exemple, ne lisez pas un traité de psychiatrie ; lisez *Hamlet*. Si vous voulez savoir ce qu'est la démence terminale ne lisez pas un traité de psychiatrie ; lisez *Le Roi Lear*. Dans les deux cas il y a un certain obscurcissement de l'état psychologique du fait de la survivance, dans les pièces telles que nous les connaissons, d'un matériau préshakespearien, que le maître, avec sa négligence habituelle, a conservé.)

» Ces trois sortes de neuropsychoses constituent comme trois degrés d'une même neuropsychose, mais des degrés si éloignés les uns des autres qu'ils constituent trois types différents. Ce qui nous permet de voir qu'il s'agit de degrés est le fait qu'il y ait distinctement de l'hystéro-neurasthénie, et qu'il y ait distinctement de l'hystéro-épilepsie, or la neurasthéno-épilepsie n'existe pas, et le mot composé lui-même est grotesque et impossible à former.

» La neurasthénie est la simple fatigue qui parvient à affecter les nerfs. Tout le monde est passé par la neurasthénie, ou, du moins, par des états faibles ou frustes de cette dernière.

» L'hystérie est l'affaiblissement de la cohésion et de l'inhibition, qui fait vaciller l'esprit, et libère les pulsions occasionnelles. L'attaque hystérique est l'expression de l'envie de gesticuler, de se tordre, de ne pas se réprimer.

» L'épilepsie est l'affaiblissement de la personnalité elle-même, et la caractéristique distinctive de l'attaque épileptique est la perte de la conscience de soi, qui est le caractère distinctif de la personnalité.

» Tous les phénomènes qualifiés d'automatisme psychique, de double personnalité, sont des phénomènes épileptiques — purement psychiques peut-être, mais épileptiques.

» La psychonévrose apparaît comme au "point de rencontre" entre l'esprit et le corps ; c'est pourquoi, à l'inverse des maladies qui affectent exclusivement le corps, et à l'inverse de celles qui affectent exclusivement l'esprit — les psychoses —, elle revêt deux formes — l'une somatique, l'autre mentale.

» Nous pouvons distinguer trois psychonévroses essentielles : l'épilepsie, l'hystérie et la neurasthénie. Les psychiatres et les neurologues en trouvent davantage, ce qui peut avoir une utilité clinique, mais n'a pas de valeur psychologique. Elles sont réductibles, et cela peut se démontrer, à des variantes des trois fondamentales auxquelles je me suis référé, ou à des combinaisons de l'une ou l'autre d'entre elles avec des psychoses, ou des ébauches de psychoses, ou même avec des maux somatiques. Mais cela est sans importance pour ce qui nous intéresse, qui ne consiste pas à faire un traité sur les psychonévroses.

» On voit aisément, en faisant une simple analyse logique, que les psychonévroses fondamentales sont forcément au nombre de trois. Dans le fonctionnement de chaque organe, physique ou mental, il y a trois perturbations possibles — une perturbation par excès, une perturbation par manque, et une simple perturbation, soit, pour parler par préfixes, des perturbations *hyper*, des perturbations *hypo* et des perturbations *para*.

» Nous pensons donc qu'il doit y avoir une psychonévrose fondamentale de chaque sorte. Si nous considérons le problème du point de vue somatique, l'épilepsie est la psychonévrose *hyper*, car la caractéristique de l'attaque épileptique est le déchaînement d'une tempête musculaire, une sorte d'exaltation convulsive du corps ; la neurasthénie est la psychonévrose *hypo*, car la dépression musculaire, la tendance à la fatigabilité sont, dans ces corps, leur signe distinctif ; et l'hystérie, qui participe de l'excitation de l'épilepsie et de la dépression de la neurasthénie, est la psychonévrose *para*, la psychonévrose de simple perturbation, de ce fait multiforme et multimodale. Si nous considérons le problème du point de vue mental, sauf pour l'hystérie, qui continue à se situer entre les deux autres, et qui est toujours la psychonévrose *para*, il se passe exactement le contraire ; l'épilepsie est, mentalement, une psychonévrose *hypo*, car l'attaque implique l'abolition de la conscience, et la neurasthénie est, mentalement, une psychonévrose *hyper*, car l'état de neurasthénie aggrave maladivement la conscience et les capacités de réflexion.

» Comme nous traitons des psychonévroses dans leur aspect mental, nous conservons comme nous étant utile la seconde de ces observations : dans le cas qui nous occupe, il y a trois psycho-névroses — la psychonévrose *hyper*, qui est la neurasthénie, la psychonévrose *para*, qui est l'hystérie, et la psychonévrose *hypo*, qui est l'épilepsie.

» Comme il y a une gradation de la neurasthénie à l'hystérie et de l'hystérie à l'épilepsie, il se produit que, dans la neurasthénie, il y a toujours une tendance à l'hystérisation, sous la pression de circonstances extérieures particulièrement et intensément neurasthénisantes, et que, dans l'hystérie, il y a toujours tendance à l'épilepsie, sous la pression de circonstances extérieures particulièrement et intensément hystérisantes. Inversement, mais parallèlement, dans toute épilepsie il y a des touches d'hystérie, et dans toute hystérie des touches de neurasthénie. (Féré et le fait que les gestes des hystériques sont identiques à ceux des gens fatigués.) Le déroulement de l'attaque épileptique est curieux : elle commence par une préparation hystérique, se transforme en attaque épileptique proprement dite, suit un état de semi-conscience (au cours duquel on se livre parfois à des actes absurdes, de ce que l'on appelle l'automatisme post-épileptique), cet état étant un état d'épilepsie manifestement haute, puis elle décroît et devient une fatigue hystérique, suivie enfin de prostration de type neurasthénique. Nous voyons donc, dans l'épilepsie physique, le parcours intérieur des neuropsychoses, qui finalement n'en sont qu'une, et nous voyons, par conséquent, la preuve exacte de l'analyse psychologique que je viens de vous exposer.

» Le soldat tue sous le coup d'une haute hystérie induite.

» L'inspiration poétique ou artistique est un phénomène de haute hystérie. On y trouve le même caractère de possession que dans l'épilepsie.

*

» Le psychiatre est un mauvais psychologue parce que le psychiatre est un médecin. L'habitude mentale du médecin, en raison de sa formation professionnelle, consiste à étudier les symptômes et à induire les maladies de la somme des symptômes. Pourtant, une maladie n'est pas une somme mais une synthèse de symptômes ; ou, pour le dire autrement, les symptômes ne forment pas la maladie, ils sont la maladie, ils la manifestent. Dans les maladies physiques, cela n'a pas d'importance, parce que peu importe que l'on considère la maladie comme étant les symptômes, ou les symptômes comme étant la maladie. Cela n'a pas d'importance non plus dans les maladies mentales, quand elles sont considérées comme des maladies et non comme des états mentaux. Mais quand les maladies mentales sont considérées comme des états mentaux, le procédé clinique est inopérant.

*

» Le génie, le fou et le criminel représentent trois cas d'inadaptation. Chez le génie, l'inadaptation est intellectuelle : c'est un homme qui ne pense ni ne peut penser comme les autres. Chez le fou, l'inadaptation est émotive : c'est un homme qui ne sent, ni ne peut sentir comme les autres. Chez le criminel, l'inadaptation concerne la volonté : c'est un homme qui ne veut ni ne peut vouloir comme les autres.

» Comme c'est dans l'intelligence que nous sommes le plus nous-mêmes, ne pas penser comme les autres implique un *excès* d'intelligence, et c'est en cela que le génie est supérieur : il est, pour ainsi dire, hypernormal, et s'il semble malade, c'est parce que l'hypernormal est nécessairement anormal. Dans l'émotion, nous sommes, pour ainsi dire, en partie nous et en partie les autres : c'est pourquoi ne pas sentir comme les autres implique un *déséquilibre* de l'esprit, chose qui, n'étant ni une supériorité ni une infériorité [...]

» Dans la volonté, nous sommes étrangers à nous-mêmes : c'est pourquoi ne pas vouloir comme les autres implique *une faiblesse* de la volonté.

» Il semble, à première vue, que le fou est un individu qui ne pense pas comme les autres. C'est faux. Les pensées du fou peuvent être désordonnées, mais elles sont toujours banales. Le désordre des idées n'a rien à voir avec les idées elles-mêmes. Ce qui caractérise le fou, c'est qu'il ne sent pas comme les autres. Cela se voit avec clarté dans les crimes typiquement commis par les fous. Le fou pourrait tuer, par exemple, la personne qu'il aime le plus.

» Chez le criminel, il y a la maladie de la volonté. Un homme désire intensément avoir de l'argent. Si c'est un homme normal, le résultat de ce désir intense consistera à travailler beaucoup, à négocier avec soin, ou quelque chose de ce genre. C'est là une façon normale de *vouloir*. S'il s'agit d'un criminel, il pense aussitôt à voler, à falsifier. Manifestement, c'est sa volonté, sa façon de vouloir, qui est faussée.

» On confond parfois le fou avec le criminel parce que l'émotion a des rapports intimes avec la volonté.

» Certains, qui sentent confusément qu'il y a une ressemblance entre l'inadaptation du criminel et celle du génie, ont voulu penser le criminel comme quelqu'un de fort, d'une certaine façon, ou du moins, comme un rebelle. Il ne l'est pas. Le criminel est simplement un faible. Quelque grandes que soient ses qualités dans le domaine du courage, de la persistance, ou même d'une certaine forme d'intelligence, le criminel est toujours un faible, comme le fou, même si — comme le paranoïaque — il raisonne admirablement, il est toujours inférieur.

*

<u>Objectivité</u> — l'homme normal aux deux niveaux — le normal anormal et le normal culturel

<u>Subjectivité</u> — l'anormal fou et l'anormal idiot

<u>Relationnel</u> — le génie et l'assassin

Rapport possible entre des niveaux égaux

    (1) criminel + normal inférieur

    (2) criminel + idiot

(mais qu'en est-il de l'assassin fou ?)

    (1) génie + normal supérieur

    (2) génie + fou

Examiner le concept de « subjectivité »

    (1) sujets conscients — fous par exaltation des fonctions mentales

    (2) sujets inconscients — fous par dépression des fonctions mentales

Trois types de criminels :

    (1) par suggestion extérieure et habitude (habituel)

    (2) par folie inférieure (pulsion subjective)

    (3) par préméditation (ce dernier ressemble au génie par la double circonstance consistant à penser et à *être un ennemi*)

<u>Subjective</u>	<u>Relationnelle</u>	<u>Objective</u>
fou supérieur	génie	Normal supérieur (cultivé)
inférieur criminel		Normal inférieur (banal)

» La folie présente deux aspects différents : l'excitation des centres cérébraux supérieurs, et l'excitation des centres cérébraux inférieurs.

» La banalité mentale est la caractéristique du criminel ; en cela il rejoint le normal inférieur et l'inculte.

Subjectif

    (1) fous par exaltation des forces supérieures — idéalistes, mégalomanes

    (2) fous par exaltation des forces inférieures — persécutés, idiots, maniaques

» Chez l'idiot il y a exaltation — *il y a exaltation des forces instinctives et végétatives.*

» Il est clair que cette distinction entre différents types de folie est *mienne* : elle n'a l'aval d'aucun psychiatre, et je n'ai nullement besoin de l'aval de qui que ce soit. Ce sont des techniciens, c'est-à-dire qu'ils sont intoxiqués par la pratique, et la pratique est le grand maître des aliénistes.

    (1) le criminel par banalité et habitude

    (2) le criminel par pulsion absurde et inférieure

    (3) le criminel par préméditation (rapport entre le criminel et les deux types inférieurs des deux côtés à (3), le type même du criminel).

    (5) = Cinq types de criminels.

        (1) par préméditation pure (2)

        (2) par préméditation + banalité (2 + 3)

        (3) par préméditation + folie (2 + 1)

        (4) par anormalité + banalité (2 + 3)

(5) par anormalité + folie (2 + 1)
id est
(1) préméditation
(2) calcul et banalité
(3) calcul et folie
(4) habitude et banalité
(5) folie

*

» Or, il existe trois types de crimes — des crimes par tempérament, des crimes sous pulsion, et des crimes d'opportunité. Les crimes dus au tempérament sont ceux qui ne sont pas provoqués par une circonstance externe susceptible de les justifier — je ne dirai pas moralement, car rien ne justifie le crime moralement — mais intellectuellement ; les crimes, veux-je dire, qui ont une raison d'être absolument sans proportion avec eux. L'homme qui en tue un autre pour une raison triviale, l'homme qui vole sans besoin flagrant d'argent ou qui peut, en se donnant un peu plus de mal, obtenir de l'argent par des procédés honnêtes — ces hommes commettent des crimes par tempérament. Les crimes sous pulsion sont ceux provoqués par des circonstances extérieures, qui, du point de vue intellectuel, les justifient ; l'homme qui tue la femme qui le trompe, l'homme qui vole de l'argent qu'en aucune façon il ne pourrait se procurer par des moyens légitimes, ou par des moyens légitimes dans l'urgence exigée par un paiement — ces hommes commettent des crimes sous pulsion. Les crimes d'opportunité sont ceux dont le motif ne suffit pas à justifier intellectuellement le crime mais où survient une circonstance extérieure qui exerce sur l'individu une telle tentation qu'il ne peut y résister.

» Nous avons là, évidemment, trois degrés de criminalité latente. Oui, parce que, même chez le criminel sous pulsion, il faut qu'il y ait une criminalité latente. Parmi les hommes attirés par les femmes, rares sont ceux, en fin de compte, qui les tuent ; parmi les hommes qui se trouvent confrontés à un besoin urgent d'argent, rares sont ceux, en fin de compte, qui le volent. Il faut donc qu'il y ait, chez le criminel sous pulsion, une certaine ébauche du criminel par tempérament ; la différence est que l'excitation externe doit être absolument forte — ou, pour le dire autrement, le motif d'une force extraordinaire — pour que le crime se réalise. Chez le criminel d'opportunité, la prédisposition doit être encore plus grande parce que, par définition, l'excitation, ou la circonstance extérieure, n'a pas suffisamment de force pour susciter, normalement pour ainsi dire, le crime. Par conséquent nous devons admettre que le criminel d'opportunité est un criminel par tempérament chez qui existe normalement une inhibition de la propension au crime — inhibition qu'une circonstance extérieure fait soudain disparaître. En d'autres termes, le criminel d'opportunité est un criminel par tempérament dont le tempérament est inhibé.

» Commençons par chercher ce que peut être un criminel par tempérament. Un criminel est, en premier lieu, quelqu'un d'anormal ; qu'est-ce que quelqu'un d'anormal ? Quelqu'un d'anormal, c'est un être qui, habituellement, ne procède pas comme les autres êtres de son espèce ; cela veut dire que c'est un être qui n'est pas comme les autres de son espèce, car la façon de procéder habituelle vient de ce qu'est cet être. Les fonctions mentales — ou les qualités de l'âme, si on préfère le dire ainsi — peuvent être classées en trois catégories distinctes : l'intellect, l'émotion et la volonté. Quelqu'un d'anormal sera donc un individu qui, ou ne pense pas comme les autres, ou ne sent pas comme les autres, ou ne veut pas comme les autres, à moins qu'il n'accumule plus d'une de ces disparités par rapport à la norme.

» Or, la vie est essentiellement action, et l'action procède de la volonté. À son tour, la volonté est provoquée par l'émotion, car la simple idée, ou représentation, ne produit pas la volonté, sauf par le biais de l'émotion, qui est la raison d'être de l'action.

» Or, ces trois fonctions de l'esprit sont reliées entre elles de la façon suivante. Apparaît une représentation, ou une idée (intellect) ; cette idée produit une quelconque émotion, cette émotion produit un acte, c'est-à-dire qu'elle suscite une pulsion de la volonté, et l'acte est simple ou complexe, faible ou fort, orienté dans un sens ou dans un autre, en fonction de l'émotion que la représentation a suscitée — à condition, cependant, que l'intellect, l'émotion et la volonté fonctionnent normalement. Comme la vie est essentiellement action, c'est par la volonté que nous appartenons à la vie, autrement dit, c'est par la volonté que nous sommes reliés aux autres — on pourrait presque dire, en utilisant une phrase paradoxale, que c'est par la volonté que nous sommes autres. C'est par l'intellect, qui est à l'autre extrémité, que nous sommes le moins reliés aux autres ; c'est dans nos propres représentations que nous sommes le plus nous-mêmes, du fait même que nous le sommes d'une façon qui ne peut être transmise... L'émotion se situe à mi-chemin.

» Ainsi nous constatons que le criminel est essentiellement un faible au plan de la volonté — pas la volonté fonctionnelle, comme le serait un neurasthénique, mais la volonté essentielle. Ce n'est pas la force de la volonté qui est malade chez le criminel, comme elle l'est chez le neurasthénique ; c'est la structure même de la volonté qui est affectée.

» Quelles sont les conséquences d'une maladie structurelle de la volonté ?

*

Inhibitions :
    (1) la crainte
    (2) la faiblesse de la volonté
    (3) la morale

» Dans ce cas l'inhibition ne peut pas être la morale, car alors le crime n'aurait pas été commis, ou, s'il l'avait été, il se serait agi d'un crime sous pulsion. Ce ne pourrait pas être non plus la crainte, car la crainte aurait augmenté avec la complexité de l'exécution, et il y a eu là, dans l'hypothèse d'un crime, une grande complexité dans l'exécution. Le criminel occasionnel commet généralement un crime facile — malversation, etc.

» Reste la faiblesse de la volonté. Il s'agit donc d'un criminel par tempérament inhibé par une grande faiblesse de la volonté.

» Ainsi, il y a trois types de volonté : (1) la volonté sous pulsion, (2) la volonté d'inhibition, et (3) la volonté de détermination ou d'imagination. La volonté de détermination ne manquait pas au criminel, car ce crime a été essentiellement un produit de la volonté organisatrice. Ce qui manquait habituellement à ce criminel, c'était donc la volonté sous pulsion.

*

Subjectif	Relationnel	Objectif
Fou	Génie	Homme cultivé (finalités culturelles)
Fou lucide	Criminel par préméditation	Homme normal civilisé (instincts normaux)

Idiot	Criminel commun	Sauvage (instincts anormaux)
		Le sauvage est un idiot normal

» La vie est essentiellement action, c'est pourquoi les qualités qui contribuent à l'action, c'est-à-dire les qualités objectives, sont celles qui constituent l'équilibre vital.

» Le criminel qui prémédite organise son crime de la même façon que l'homme moyen normal organise sa vie.

*

» Dans le cas de cet homme, il ne s'agit pas d'un manque de volonté par inhibition, car le manque de volonté par inhibition aurait précisément eu pour résultat de lui avoir fait commettre le crime plus tôt. Il ne s'agit pas non plus d'un manque de volonté de coordination, car le plan complexe, parfaitement mis en œuvre, indique la présence de ce type de volonté au plus haut degré. Nous en arrivons donc à la conclusion que l'auteur de ce crime a une faiblesse de la volonté sous pulsion, d'où l'inhibition tempéramentale de son instinct criminel, et à partir de là, également, le fait que cet instinct ne s'est manifesté que sous la sollicitation d'une circonstance occasionnelle, opérant sur un instinct trouble constamment inhibé. Mais n'oubliez pas que, parallèlement au manque de volonté simple, il peut y avoir une force de volonté de coordination. Ne l'oubliez pas, parce qu'une chose n'implique pas nécessairement l'autre.

» Or, il y a trois types d'homme chez qui la volonté sous pulsion fait défaut. Ce sont le simple débile, comme l'idiot ou l'imbécile, chez qui la volonté sous pulsion fait défaut (même si la pulsion existe [...] en raison de la débilité générale de l'esprit ;

*

(1) type d'inhibition : (a) crainte (non), (b) morale (non), faiblesse de la volonté (oui).

(2) faiblesse de la volonté : (a) de la volonté sous pulsion (oui), (b) de la volonté d'inhibition (non), (c) de la volonté de coordination (non) — disposition à l'inverse de celle-ci (c'est-à-dire b, c, a).

(3) faiblesse de la volonté sous pulsion : (a) par débilité morbide, comme chez l'idiot ou l'imbécile, chez le fou déprimé ou l'inférieur mental ; (b) par débilité constitutionnelle, comme chez le vagabond (ce dernier étant capable de pulsions subites, mais non d'impulsivité continue, et moins encore capable de volonté coordonnée que de toute autre volonté) ; (c) par excès d'activité mentale (où cette déficience va de pair avec la présence de la volonté de coordination, celle-ci ne manquant que s'il n'y a pas une émotion forte qui fournisse un élément qui la pousse par-derrière). Le raisonnement élimine (a) et (b) ; il reste (c).

(4) Quelle sorte d'activité mentale peut produire le manque de volonté sous pulsion ? Il y en a trois : (a) le tempérament imaginatif et spéculatif (ce dernier étant encore plus incapable d'un effort de coordination que d'un effort sous pulsion, et analogue de ce fait au vagabond, *supra*) ; (b) le tempérament artistique et littéraire, où la volonté est tournée vers l'intérieur (*cf.* Léonard de Vinci) (Hamlet) ; (c) le tempérament simplement concentré. Ceux-ci varient dans la mesure où (a) il n'agit qu'occasionnellement pour des choses quotidiennes et minimes, où l'effort est presque nul, ou au gré d'enthousiasmes factices ; (b) il n'agit parfaitement que vers l'intérieur, dans des œuvres littéraires ou artistiques, dans lesquelles il déploie toute sa vague impulsivité et sa volonté coordinatrice, et auxquelles il renonce même fréquemment par excès de scrupule esthétique ou rationnel ; (c) il n'agit que quand une idée unique, qui s'est emparée puissamment de son esprit, est arrivée à maturation, et, même dans ce cas, presque toujours uniquement quand une circonstance extérieure lui révèle cette maturation. C'est (a) quelqu'un qui se disperse par nature, (b) quelqu'un qui concentre, (c) quelqu'un qui se concentre.

(5) Types de concentration : qu'est-ce que la concentration ?

» La fixation de toutes les forces de l'esprit autour d'un élément ?

» Il existe la concentration autour (a) d'une

idée, (b) d'une émotion, (c) d'une intention. La première est celle de l'individu qui médite sur une certaine chose, qu'il ne réalise que si une occasion flagrante s'offre à lui, étant donné qu'il manque de volonté…

» La deuxième est celle de l'individu qui sent intensément une certaine chose, qu'il ne réalise que s'il rencontre une occasion susceptible, d'abord, de lui permettre de bien se rendre compte par lui-même de ce qu'il sent, et, ensuite, de mobiliser fortement sa volonté, en le faisant passer dans la catégorie du concentré de type (a). La troisième est celle de l'individu qui a une intention ferme, pour laquelle il recherche une occasion. Dans le cas présent, il s'agit manifestement du cas (b).

(6) Types de concentration émotive : (a) par l'émotion attractive (comme celle consistant à désirer une femme), (b) par l'attraction répulsive (comme celle consistant à haïr quelqu'un), (c) par l'émotion abstraite ou intellectuelle, qui n'appartient à aucune de ces catégories, et qui comprend celles d'un sentiment religieux ou d'un mysticisme politique, etc. Dans ce cas, il s'agit de (b).

(7) Types d'émotion répulsive : (a) offensive, (b) défensive, (c) combinaison des deux (comme lorsque l'on veut attaquer quelqu'un pour prendre des positions). Ici, (b).

(8) Types d'émotion défensive : (a) habituelle, c'est-à-dire paranoïaque (exclue dans ce cas) ; (b) occasionnelle (exclue dans ce cas en raison de

la préméditation, etc.) ; (c) mélange des deux, avec l'intensité de l'habituelle et l'impulsivité de l'occasionnelle. Le tempérament de (c) présente donc fondamentalement une analogie avec le tempérament du paranoïaque, superficiellement avec l'occasionnel. C'est un paranoïaque entièrement lucide, c'est-à-dire qu'il présente toutes les caractéristiques de la paranoïa moins le délire central, qui constitue en fait la paranoïa.

» (S'il m'est permis d'utiliser un paradoxe, je dirais, en conclusion de cette série de raisonnements, que l'auteur de ce crime est un paranoïaque doté de discernement.)

» Les symptômes fondamentaux de la paranoïa sont au nombre de trois : l'importance exagérée donnée au moi et la concentration exagérée sur ce moi ; la systématisation fausse et absurde de faits en vertu de cette concentration ; [...]

» C'est un délire central, qui laisse intactes les qualités mentales en soi ; c'est un délire égocentrique, où les pensées, les sentiments et l'individualité du malade sont tout pour lui ; c'est un délire défensif [...]

» Cela veut dire, poursuivit Quaresma, que l'auteur de ce crime présente une parfaite ressemblance avec un paranoïaque, sauf qu'il n'est pas fou. Sa mentalité doit donc être analogue à la mentalité du paranoïaque si l'on exclut ce qui, dans celle-ci, dérive directement de la folie. On pourra dire qu'il est concevable que toute

122

la mentalité du paranoïaque dérive de la folie. Ce n'est cependant pas le cas : la paranoïa est une certaine catégorie de folie, qui diverge d'autres, et forme pour cette raison cette catégorie. Pour ce qui a trait à la folie, elle ressemble aux autres ; pour ce qui a trait à la paranoïa, elle s'en différencie. C'est en cela, par quoi elle se différencie des autres, que se trouve cette partie de la mentalité du paranoïaque qui ne dérive pas directement de la folie.

» La mentalité du paranoïaque doté de discernement, comme je l'ai appelé, comprendra donc des choses en moins par rapport à celle du paranoïaque, et ce seront celles qui, chez ce dernier, dérivent de la folie ; il présentera des choses semblables, qui sont celles qui constituent la mentalité du paranoïaque, en tant que fou différent d'autres fous ; il aura également des choses en plus, provenant de l'absence de folie, ou, si vous préférez, de la présence de la clarté — je ne dirais pas de la santé — mentale.

» Commençons par déterminer ce qu'est la folie, c'est-à-dire ce qu'il y a de commun dans tous les types de folie, de celle franchement délirante, comme la manie aiguë, à celle apparemment logique, comme la paranoïa, de celle d'exaltation à celle de dépression, de celle qui est due à des lésions cérébrales ou cérébro-spinales à celle qui n'a pas, du moins de façon palpable, ce fondement. La folie est caractérisée par l'abolition de l'action des centres cérébraux — ou mentaux — supérieurs, les centres inférieurs demeurant en activité. Au cours du sommeil, ou d'une syncope, il y a abolition des centres cérébraux supérieurs ; mais les centres inférieurs sont conjointement suspendus, ou totalement, comme dans la syncope, ou uniquement pour l'action, comme dans le sommeil accompagné de rêves, et il est probable que tout sommeil est un sommeil accompagné de rêves, même si certains sont si vagues que le dormeur ne se souvient même pas, quand il se réveille, de les avoir faits.

» Une fois que l'action des centres cérébraux supérieurs, c'est-à-dire l'action de l'inhibition — ou des inhibitions —, de la coordination et de la comparaison distinctive entre le subjectif et l'objectif est abolie, l'individu perd le contrôle de ses pulsions, il cesse d'établir un rapport convenable entre ses idées, et confond ce qu'il voit avec ce qu'il rêve, ce qu'il imagine avec ce qu'il comprend. Les pulsions qui ne sont pas inhibées peuvent être du domaine de l'exaltation ou de la dépression, les idées qui ne sont pas coordonnées peuvent être fortes ou vagues, la confusion entre le subjectif et l'objectif peut être d'ordre hallucinatoire (comme lorsqu'un individu a une sensation, visuelle ou autre, de "choses" qui n'existent pas), ou interprétatif (comme quand il subordonne ce qui est réellement une sensation à une hallucination intérieure qui réfère tout à soi et intègre tout dans son faux schéma). Peu importent les différences secondaires : ces phénomènes sont ceux qui sont communs à toutes les sortes de folie.

» Chaque forme de folie tend toutefois à faire prédominer l'un de ces éléments négatifs sur les deux autres, même s'ils sont tous présents, à un degré ou à un autre ; la folie peut donc être logiquement classée en trois groupes. Procèdent principalement de l'abolition de l'inhibition les folies de type maniaque ou mélancolique, où la maladie se distingue par l'incapacité dans laquelle se trouve l'individu de dominer ses pulsions, soit d'exaltation ou d'agitation, comme dans le premier cas, soit de dépression ou de négation, comme dans le second. Procèdent principalement de l'abolition de la coordination des idées les folies où, sans grande violence ni dépression, ou sans violence ni dépression habituelle ou typique, s'établit la confusion mentale, soit par l'émergence violente d'idées fortes, qui se bousculent, comme dans les délires proprement dits, soit par la confusion d'idées vagues, comme dans la démence et l'idiotie. Procèdent principalement de l'incapacité de distinguer le subjectif de l'objectif les folies où l'exaltation ou la dépression n'est pas notable, ou, quand par hasard elle l'est, n'est qu'occasionnelle et motivée par des causes apparemment logiques, car le malade se les explique à lui-même ; où il n'y a ni délire ni confusion palpables ; où, si nous ne sommes pas à même de constater de façon flagrante l'hallucination, externe ou interne — parce que celle-ci peut ne pas paraître absurde de façon patente, parce que nous ne surprenons pas le malade dans une période d'exaltation ou de dépression délirantes de façon patente, ou parce que nous n'avons pas une connaissance directe de ce en quoi consiste l'hallucination, indépendamment des affirmations du malade — nous prendrions aisément ce dernier pour quelqu'un de sain ou, tout au plus, pour quelqu'un de simplement nerveux ou normalement exalté. Dans ce dernier groupe j'ai distingué le type hallucinatoire et le type interprétatif — l'hallucination externe et interne, comme je l'ai répété par la suite ; or la paranoïa (— et les états paranoïdes, car l'observation et la raison font admettre des états frustes de la paranoïa) constitue, à elle seule, le délire interprétatif provenant d'une hallucination interne.

» L'hallucination interne, du fait même qu'elle est interne, est rattachée à la vie subjective, à l'intérieur de l'individu ; elle implique donc toujours une idée délirante relative à sa propre personnalité. Or, la personnalité peut être considérée en soi, dans ses manifestations internes — qui sont les idées —, ou dans ses relations avec les autres. D'où l'existence de trois types distincts de paranoïa. Il y a, tout d'abord, celle qui se fonde sur un concept exagéré de la personnalité — ou exalté, dans la mégalomanie, comme lorsque l'individu se prend pour un dieu, un roi, un génie ; ou déprimé, comme quand il se prend pour le plus grand parmi les pécheurs, le plus grand parmi les criminels, ou autre chose du même genre. Il y a donc celle qui se fonde sur un concept exagéré de ses propres idées, comme lorsque le malade se croit possesseur d'une religion suprême qui lui est propre, d'une philosophie définitive qui lui est propre ; les fondateurs des religions (que ces dernières réussissent ou non à s'imposer, car le résultat *objectif* n'a rien à voir avec le phénomène subjectif) sont tous des cas de paranoïa, et comme je reconnais ces états paranoïdes, je veux croire (et les données biographiques me donnent raison) que la plupart des philosophes et des artistes qui ont des idées fixes sur l'art doivent être aussi des malades de cette sorte. Il y a, enfin, la paranoïa fondée sur un concept exagéré de l'importance que les autres attribuent, de l'attention que les autres portent, à la personnalité de l'individu. Or, la réaction, physique ou psychique, de l'organisme devant son environnement, est une réaction de défense contre cet environnement, et cette défense se fait soit en s'y adaptant, soit en s'y opposant violemment. L'adaptation, qui implique la notion d'équilibre entre l'organisme et son environnement ou, dans un cas mental, entre le subjectif et l'objectif, est impossible à un fou. Le milieu, les autres lui apparaissent donc non comme des obstacles inertes à franchir, en s'adaptant à eux, mais, étant donné qu'ils le tourmentent, comme des ennemis à combattre. Selon la nature de l'individu, et celle de sa folie, exagérément dépressive ou exaltée, la réaction peut être une lamentation, une plainte, une protestation, avec de possibles

épisodes de violence quand l'oppression délirante s'accentue, ou des actes de violence. Nous
avons, dans un cas le simple persécuté, dans
l'autre le persécuté persécuteur.

» Le premier type de paranoïa, c'est-à-dire
d'exagération positive ou négative de la personnalité, est, comme on peut le constater, le fondement de toutes les autres, et donc de la paranoïa
elle-même. Nul ne peut se faire une opinion
exagérée de ses propres idées sans se faire une
opinion exagérée de la personnalité dont elles
émanent, et ainsi un élément de mégalomanie
est le fondement concret de tous les délires
interprétatifs abstraits, qu'ils soient religieux, ou
philosophiques, ou quoi que ce soit d'autre. Nul
ne peut non plus attribuer aux autres une préoccupation intense et constante au sujet de sa
personnalité sans trouver dans cette personnalité une raison pour cette intense ou constante
préoccupation d'autrui. Dans l'exaltation négative, pour l'appeler ainsi, de la personnalité, on
remarque également la même chose. Celui qui
se donne involontairement la peine de se croire
le plus grand pécheur du monde se préoccupe
involontairement beaucoup de lui-même.

» Or, la folie est une condition, ou un état, de
l'esprit humain : elle participe, quoique de façon
exagérée, et pour cette raison de façon morbide,
des caractéristiques de l'esprit humain. Ce qui distingue un état de folie de l'état normal auquel
il ressemble spécifiquement, c'est l'exagération
et la constance de cette exagération. Nous pas-

sons tous par des phases d'exaltation et de dépression. Nous connaissons tous des moments de confusion mentale, de doute et de manque de confiance en soi, de raisonnements arbitrairement systématisés. Mais chez nous, qui sommes normaux, ces états sont épisodiques et peu intenses, et de ce fait ils sont atypiques. Chez le fou, ils sont constants et intenses, et de ce fait typiques.

» Mais si là il y a eu crime, c'est un crime qui a été planifié avec un soin extraordinaire. Dans ces conditions, comment expliquer l'absurdité apparente consistant à simuler un suicide dans un lieu comme celui-là et à une heure pareille ? Si, pour admettre le crime, nous devons admettre que seul pourrait l'avoir commis, parce qu'il était le seul à pouvoir le tenter en toute impunité, un intime de la victime, l'unique raison plausible pour simuler un suicide dans des circonstances aussi étranges, qui consisterait à penser qu'il n'y a pas d'autre hypothèse, n'a plus lieu d'être : un intime de la victime aurait aisément le moyen de trouver d'autres circonstances, beaucoup plus plausibles ; la maestria avec laquelle le crime a été planifié exclut le manque de maestria pour trouver ces circonstances, et bien les trouver ; le fait que le crime, s'il y a eu crime, a été nécessairement prémédité, exclut l'hypothèse accessoire selon laquelle on aurait profité d'une occasion inespérée.

» S'il s'agit d'un crime habilement planifié, alors toutes ces circonstances en apparence absurdes doivent faire partie, car elles ne peuvent être accidentelles, du plan même du crime. Dans quel but ? Imaginons plusieurs hypothèses. Dans un but, ou plus d'un, sur trois possibles : compliquer l'événement de façon à gêner l'enquête ; profiter d'une occasion coïncidant avec tout cela et qui y soit propice ; et rendre plausible, en raison de son absurdité, un suicide qui, sans absurdité, ne serait pas possible, étant donné la nature de Carlos Vargas, peu encline au suicide. Toutefois, si c'est vrai, cela indique, de la part de l'assassin présumé, une mentalité anormalement stratégique. Il y a là l'habileté synthétique du stratège — qui consiste à regrouper en un seul événement un ensemble de circonstances indépendantes, en s'en servant comme s'il les avait toutes créées.

» Il y a là l'habileté psychologique du stratège — qui consiste à provoquer un événement qui, étant par nature multiple, a la capacité, du fait qu'il est en soi contradictoire, d'échapper à toute interprétation (qui, dans ce cas, est l'ennemi), à condition de ne pas tenir compte de la mentalité stratégique de celui qui en est à l'origine. Et il y a là l'habileté pratique du stratège — qui consiste à disposer les choses de façon à ce que l'offensive de l'interprétation soit rendue difficile, en faisant en sorte que le manque de faits initial prive cette offensive de toute assurance. En d'autres termes, l'événement est produit de telle façon qu'il y a une abondance de données obscures, qu'il y a une rareté de faits ou de données claires, et que tant les données obscures que les claires sont contradictoires et incompatibles.

» Telle est la mentalité du stratège. Il nous faut donc examiner, 1°, quelle est la mentalité du criminel en général ; 2°, quelle est la mentalité du criminel stratège en particulier ; 3°, si la mentalité de Custódio Borges est conforme à cette mentalité particulière du criminel stratège. C'est-à-dire qu'il faut utiliser le procédé psychologique. S'il est conforme, les résultats du procédé hypothétique et ceux du procédé historique seront confirmés par ceux du procédé psychologique, et la démonstration a la force cumulative des deux — la force, non d'une addition, mais, plus exactement, d'une multiplication. Nous aurions alors, je ne dirais pas la certitude, mais la probabilité élevée au cube.

» Il n'y a donc pas la mentalité du stratège, ni celle du dramaturge, ni celle du métaphysicien. Mais il y a la mentalité du criminel avec préméditation, de l'acteur et du paranoïaque, car telles sont les formes *particularisées* de cette tendance, alors que les autres en sont les formes *généralisées.*

» Ce que Borges a pleinement, c'est la mentalité du criminel qui prémédite son crime (pas celle du stratège) — […]

» Borges a la mentalité du stratège, car c'est un criminel qui prémédite son crime.

» Tout comme le dramaturge, il est à mi-chemin entre le stratège et le philosophe […]

» Le criminel qui agit avec préméditation est à mi-chemin entre le paranoïaque et l'acteur.

» La mentalité du criminel qui prémédite son crime est l'*état morbide* de la mentalité du stratège, tout comme celle du paranoïaque est l'état morbide de celle du métaphysicien.

dramaturge	métaphysicien	
stratège	criminel avec préméditation	
acteur	paranoïaque 2 (ex)	
Pourquoi assassin et acteur ? L'élément de *simulation* ?		
stratège	métaphysicien	métaphysicien (a)
criminel avec préméditation	ou dramaturge	dramaturge (b)
paranoïaque	acteur	stratège (c) criminel avec préméditation (d) paranoïaque (e)

(b) il a la mentalité de	(a) + (c)
(c)	(b) + (d)
(d)	(c) + (e)

Le stratège et le dramaturge
Le criminel avec préméditation et l'acteur
Le génie et le fou
Philosophe   paranoïaque

Comment s'organisent les groupes ? Ainsi ou :
le stratège et le philosophe
l'acteur et le dramaturge

le paranoïaque et le criminel avec préméditation

ou

en bonne santé : le stratège, le dramaturge,
l'acteur

malades : le philosophe, le criminel avec préméditation, le paranoïaque

» L'analogie entre le philosophe et le paranoïaque provient de ce qu'ils systématisent des
données incomplètes et fausses. (Le stratège et
le criminel qui prémédite son crime sont analo-
gues, comme le sont le dramaturge et l'acteur.)
» La paranoïa est essentiellement un délire
interprétatif.

» Le stratège dans l'action, qui est le stratège
dans un contexte de guerre, et, jusqu'à un certain point, l'homme politique, et le diplomate ;
le stratège en pensée, qui est le dramaturge, et,
jusqu'à un certain point, certains romanciers ;
parmi ces derniers se trouve le stratège dans
l'action limitée (le criminel et l'acteur)
» Le stratège doit avoir : la vision […]
» Le fou est souvent un simulateur, mais cela
survient parce que, et quand, la folie fait naître
en lui une hystérie intérieure ; et l'hystérie a
comme traits caractéristiques l'autosuggestion
facilitée par la folie. C'est pourquoi il y a simu-
lation dans toutes les sortes de folie où il peut y
avoir lucidité (relative) et *crime*. Il n'y en a pas
dans les autres.

» Si l'on admet qu'il a pu y avoir là un homicide, et qu'il a été commis de la façon que j'ai imaginée, quelle pourrait être la mentalité de l'homicide, qu'il s'agisse ou non de Borges ?

[...]

» Il nous faut donc chercher à savoir ce que peut être la mentalité du stratège en général ; ce que peut être la mentalité du stratège quand sa stratégie s'applique, non à des batailles et à de grandes masses humaines, mais à un petit événement et *à un seul homme* ; et, enfin, ce que peut être cette mentalité particularisée, quand l'activité particulière à laquelle elle s'applique est un homicide. Si nous constatons que la mentalité de Borges, ou des éléments de cette mentalité, est conforme ou s'adapte à la mentalité, ou aux éléments mentaux que l'on peut attribuer au stratège ainsi particularisé, d'abord en stratège limité, puis en criminel, nous pourrons considérer notre hypothèse comme étant aussi conforme à la réalité que peut l'être, de par sa nature, une hypothèse. Comme je l'ai déjà dit, quand j'ai parlé de la valeur cumulative des procédés du raisonnement abstrait : quand deux ou trois d'entre eux coïncident, ils sont renforcés par la force des coïncidences — non par addition, mais par multiplication.

» Il y a une question préliminaire à laquelle il nous faut répondre. J'ai parlé de la "mentalité du stratège", et quand j'ai parlé de la mentalité du stratège, il doit être sous-entendu — car j'ai compris que cela devait l'être — que par "mentalité" on doit comprendre, dans ce cas et à cette occasion, non seulement la mentalité *intellectuelle* du stratège, c'est-à-dire les processus intellectuels contenus dans l'exercice de l'intelligence stratégique, mais principalement les ramifications non intellectuelles de cette intelligence, c'est-à-dire le tempérament ou les qualités non intellectuelles qui doivent être naturellement liées à la possession de l'intelligence stratégique. Or, ce qu'il faut se demander est précisément la chose suivante : est-ce que de telles qualités existent nécessairement ? La possession de l'intelligence stratégique implique-t-elle nécessairement la possession de certaines qualités, d'émotion, de volonté, d'intelligence extrastratégique ? Peut-il y avoir, en ce sens, une quelconque "mentalité" générale ou ultraspéciale susceptible d'être déterminée par la simple mentalité proportionnelle, pour l'appeler ainsi ? Les stratèges, comme toutes les autres personnes intellectuellement ou professionnellement spécialisées — qu'ils soient poètes ou maçons —, ne pourraient-ils pas avoir, mis à part une ressemblance entre eux purement professionnelle ou intellectuelle, des tempéraments généraux, des dispositions naturelles entièrement différents ? Telle est la question à laquelle il nous faut répondre avant toute chose.

» Or, les dispositions, pour ainsi dire, professionnelles, sont de trois ordres. Il y a la simple profession, qu'un individu embrasse en raison de quelque influence extérieure — éducation, habitude, ou autre chose — mais sans avoir de disposition profonde pour cette profession. Ou la profession est simple et ne présente aucune caractéristique particulière, comme celle de terrassier, de commis ou d'employé de bureau, et n'exige pas de mentalité spéciale, ni autre chose que l'habitude, et l'absence d'une absolue inadaptabilité (ou en raison d'une vocation différente contrariée, ou en raison d'une inadaptabilité générale maladive) ; alors l'individu normal peut l'exercer avec compétence sans qu'il y ait entre lui et sa profession la moindre relation mentale ; ou la profession est spécialisée mais simple, et celui qui l'exerce a suivi un long apprentissage, qui lui permet de l'exercer, de façon non pas supérieure — car cela exige la création —, mais avec la compétence suffisante pour les fins pratiques de cette profession. Là non plus il n'y a pas de relation mentale entre l'individu et sa profession, car la profession est, dans ce cas, pour ainsi dire, une habitude extérieure de l'individu. Il n'y a pas de mentalité de barbier, il n'y a pas de mentalité de maçon — entendons le barbier commun, le maçon commun ; l'existence d'une vocation naturelle, d'une disposition intime, pour n'importe laquelle de ces professions, ou pour n'importe quelle autre comportant une petite spécialisation semblable, entre dans une autre catégorie de phénomènes qui n'est pas celle que nous avons examinée jusqu'ici.

» Après l'exercice d'une profession par habitude, nous avons l'exercice d'une profession par vocation. La vocation n'existe, nécessairement, que pour des professions spécialisées, car vocation implique spécialisation ; une vocation pour tout est une contradiction dans les termes — tout au plus une fausse appellation donnée à l'adaptabilité, qui n'est pas une vocation, mais une disposition tempéramentale. Or, la vocation est de deux sortes — instinctive et intellectuelle. La première, nous pourrions l'appeler aussi habileté ou don ; la seconde, nous ne pourrions l'appeler que vocation, à moins que, dans les cas supérieurs ou d'activités supérieures, nous ne voulions l'appeler talent ou même génie. Ces sortes de vocation diffèrent entre elles dans la mesure où l'instinctive est, comme tout ce qui relève de l'instinct, incapable de créer, car l'instinct est une habitude psychique innée, et, comme toutes les habitudes, servile et répétitive ; alors que la vocation intellectuelle est créative, car telle est l'intelligence quand elle a une fonction active (et la vocation implique l'action, ou du moins la possibilité de l'action) et non une simple fonction passive, comme pour la compréhension. N'exagérons pas le sens du mot "créative" ; il n'est pas seulement question du génie : elle comprend de fait le génie et le talent, et va jusqu'à la simple intelligence dirigeante, comme peut l'avoir un bon gérant de commerce ou un excellent journaliste. N'exagérons donc pas ce sens, mais ne l'oublions pas.

» Comme vous le savez naturellement, monsieur le juge, le phénomène appelé hérédité se manifeste de deux façons — l'hérédité proprement dite, selon laquelle un individu ressemble à ses parents et à ses ancêtres, et ce que l'on appelle une variation, qui est ce en quoi, peu ou prou, il est différent d'eux. Il peut y avoir une sorte de variation artificielle — appelons-la ainsi — produite par l'influence du milieu. Toutefois, ce n'est pas à celle-là que je me réfère, mais à la variation naturelle — à cette différence par rapport à ses ancêtres avec laquelle naît un individu, et qui constitue véritablement son individualité. Or, l'instinct est, comme l'habitude, acquis — c'est-à-dire, d'une certaine façon étranger à l'individu en tant qu'individu ; à la différence près que l'habitude est acquise du milieu et tout au long d'une vie, et l'instinct acquis de l'hérédité et on naît avec. L'intelligence — l'intelligence créative, notez bien, pas celle de la compréhension — étant par nature opposée à l'instinct, et les qualités naturelles innées ayant pour origines l'hérédité et la variation, il s'ensuit que, étant donné que l'instinct est un produit de l'hérédité, l'intelligence créative est forcément un produit de la variation, c'est-à-dire de ce qui constitue l'individu — ce qui lui donne son individualité et la définit.

— Un moment, docteur, l'interrompit le juge. Si je vous ai bien compris, l'intelligence créative n'est pas, ne peut pas être héréditaire ? C'est toujours une variation ?

— Oui, répondit Quaresma, mais il faut que nous nous comprenions bien. L'intelligence créative n'est pas un phénomène simple : elle se compose de trois éléments — l'intelligence de compréhension — qui lui sert de fondement —, l'intelligence critique — qui vient du développement de l'intelligence de compréhension —, et l'intelligence créative proprement dite. Pour avoir une vocation supérieure — c'est-à-dire créative — de philosophe, il est essentiel que l'individu ait une compréhension naturelle de ce qu'est la philosophie ; je ne veux pas dire une *érudition* philosophique, même si cela l'aide — car l'érudition est un élément du « milieu » et non de l'hérédité —, mais une compréhension naturelle des termes abstraits avec lesquels joue la philosophie. Pour avoir une intelligence créative, il est nécessaire ensuite qu'un individu sache comparer entre eux ces termes qu'il comprend instinctivement, et là, quoique l'élément complémentaire appelé érudition l'aide également, il ne sert à rien d'autre non plus qu'à alimenter des critiques qu'il ne peut pas produire. L'intelligence critique, cependant, ne transcende pas ce qu'elle comprend ; elle comprend seulement mieux qu'elle ne le faisait instinctivement. Et c'est pourquoi les critiques, et même les grandes critiques littéraires et artistiques, se sont si lourdement trompées en ce qui concerne la découverte et la compréhension des hommes de génie dans les lettres et dans les arts. Le critique compare entre elles les choses qui existent ; mais le génie, lui, apporte ce qui n'existe pas. Le critique ne peut le comparer qu'avec ce qui existe ; soit le produit du génie se rapproche de ce qui existe, et peut lui être comparé, avec une plus ou moins grande facilité, soit il s'en éloigne. Dans le premier cas, un critique supérieur et dénué de passion peut effectivement découvrir le génie — parce que le génie, dans ce cas, est plutôt, à proprement parler, le talent au plus haut degré, c'est-à-dire un génie jusqu'à un certain point critique lui aussi, et pas à proprement parler un créateur. Dans le deuxième cas, le critique passe à côté de la valeur de l'œuvre, qui lui apparaît seulement comme étant en dehors des normes, produit donc de l'une des deux anormalités les plus communes de l'infériorité ou de la folie. C'est comme inférieurs ou comme fous que les critiques ont généralement considéré des hommes de génie, du moins au début de leurs carrières, et avant que leur style ou leur manière ne s'établisse comme la chose la plus connue et la plus habituelle, en somme comme « une chose qui existe ».

» Or, quoique l'intelligence soit non instinctive de nature, et représente pour cette raison un produit de la variation et non de l'hérédité, cela ne s'applique pas à un même degré aux trois éléments qui la composent. L'intelligence compréhensive, du fait même qu'elle n'est pas créative, est aussi instinctive que l'instinct. Par conséquent elle est, ou peut être, de nature héréditaire. Un individu peut hériter d'une vocation instinctive pour la peinture — vocation représentée par l'instinct moteur de peindre. Il peut aussi hériter — avec cette vocation artistique pour la peinture — d'une vocation passive pour comprendre ou sentir la peinture. Il peut "être doué" pour dessiner, sans avoir la moindre compréhension esthétique du dessin. Il peut avoir cette compréhension esthétique sans savoir *tracer un trait droit.*

» Comme l'intelligence compréhensive est essentiellement instinctive, elle est essentiellement spéciale, liée à la vocation. Nous comprenons bien certaines choses, et d'autres imparfaitement. Moi, par exemple, qui suis parfaitement n'importe quel argument ou raisonnement…

— Je n'en doute pas, dit le juge en souriant.

— … je suis imparfaitement, et en me trompant parfois totalement, un raisonnement mathématique.

— Vous vous spécialisez dans la généralité, docteur…

— Un peu, oui, excepté quand le paradoxe fausse la phrase. Vous faites allusion à l'intelligence compréhensive de généralités. Cette dernière est, ou l'intelligence critique en elle-même, considérée en dehors du rapport qu'elle entretient avec n'importe quelle intelligence compréhensive sur laquelle elle se fonde, ou l'intelligence philosophique, compréhensive, qui est celle qui comprend généralités et arguments, et qu'il ne faut pas confondre avec l'intelligence métaphysique, qui, tout en lui paraissant supérieure — et pouvant l'être —, lui est toutefois inférieure, en tant que compréhensive, car elle est finalement plus spécialisée.

» L'intelligence critique est ce à quoi nous nous référons quand nous parlons vulgairement d'intelligence supérieure ou quand nous parlons simplement d'"intelligence", en sous-entendant qu'elle est active, c'est-à-dire plus que compréhensive, mais sans vouloir dire autant que le génie.

» L'intelligence critique se fonde sur l'intelligence compréhensive, car pour critiquer il faut comprendre.

» C'est à un haut degré d'intelligence critique, cependant, que l'on donne vulgairement le nom de "talent".

*

» (a) Or, l'intelligence est essentiellement subsidiaire, elle est toujours liée à autre chose, qui n'est pas intellectuel, et qui lui sert de fondement — en commençant par les sens qui lui fournissent les données.

» (b) Or, l'intelligence compréhensive est liée à l'instinct (vocationnel), l'intelligence critique est liée à l'intelligence compréhensive, qui est instinctive (et vocationnelle). À quoi est liée l'intelligence créative ? Sur quelles données travaille-t-elle ? Qu'est-ce qui lui fournit les données sur lesquelles elle travaille ?

» (c) À quelque chose d'instinctif, mais dans ce cas qui ne l'est pas, car l'intelligence créative est totalement opposée à l'instinct. À quelque chose des sens, mais qui ne vient pas des sens. À quelque chose de spontané, mais de plus extérieur. Cela veut aussitôt dire quelque chose : l'intelligence créative travaille sur les données de l'*imagination.*

» (d) L'intelligence créative est à proprement parler une intelligence imaginative. De même que l'intelligence critique se fonde sur la compréhensive qui est un instinct et donc un élément produit par l'hérédité, de même la créative se fonde sur l'imagination, qui est un élément de l'esprit essentiellement *nôtre* — car c'est dans nos imaginations, dans nos rêves que nous sommes profondément nous — et donc de façon plus patente susceptible de variation.

» (e) Or, l'imagination étant ce par quoi nous sommes le plus profondément nous, il s'ensuit que l'intelligence créative *est liée à notre individualité la plus profonde.* Ce qu'elle peut avoir de vocationnel provient donc, non d'une vocation, pour ainsi dire externe, mais d'une vocation interne — non d'une vocation partielle, mais d'une vocation qui constitue le fond même de notre être.

*

» Le criminel et le fou ont en commun d'être antisociaux ; ils diffèrent par ce qui, chez l'un et chez l'autre, est antisocial de façon différente. Chez le fou, c'est l'émotion (ou l'intelligence) ; chez le criminel, c'est la volonté (l'intelligence).

» La sociabilité peut se résumer (et c'est effectivement ce qui se passe) à deux instincts, qui sont ceux qui contrarient les instincts égoïstes ou animaux — l'instinct d'adaptation et l'instinct d'imitation. Par le premier nous tendons spontanément à nous conformer aux autres, surtout à ceux qui nous entourent, et à sentir comme eux ; par le second nous tendons spontanément à faire comme les autres, même si nous ne sentons pas comme eux. Le second instinct est un développement du premier ; le premier est commun aux hommes et aux animaux, le second n'est qu'humain.

» Chez le fou, c'est l'instinct d'adaptation qui fait défaut ; chez le criminel (comme chez l'homme de génie), c'est l'instinct d'imitation.

*

» Il ne faut pas s'étonner de la passivité d'un homme à la nature aussi organisatrice et active. Tous les grands dominateurs et organisateurs ont été obéissants et disciplinés quand ils étaient en situation d'infériorité. Napoléon était formidablement, maladivement impatient, mais Napoléon était un officier très discipliné. Frédéric le

Grand était, non seulement un fils très obéissant, mais une véritable chiffe molle dans l'obéissance.

» La même force qui sert à annuler notre individualité est celle qui, quand nous la retournons, nous sert à imposer cette même personnalité. La concentration est commune à la soumission et à la domination. Telle est la clef psychologique du problème.

» Cela explique ce cas curieux, si souvent arrivé dans l'histoire, qui consiste à ce qu'un homme que l'on considère comme n'étant personne, effacé et nul, apparaisse soudain comme étant le maître à penser d'une génération ou le dirigeant d'un pays. Cela explique même la raison pour laquelle les mathématiciens sont si fréquemment de grands hommes d'action.

*

» Orgueil — vanité réprimée.

» La vanité réprimée est la vanité d'un être intelligent (et inactif).

» C'est un homme intelligent — d'ailleurs très intelligent — à la volonté faible, et pour cette raison peu travailleur, vaniteux mais souffrant dans sa vanité en raison de la non-reconnaissance de son intelligence — une non-reconnaissance qui vient du fait qu'il ne fait pas d'effort pour la faire connaître. En tant qu'homme intelligent et vaniteux, il doit chercher les moyens naturels de mettre en œuvre, ou de tenter de mettre en œuvre, son intelligence ; en tant qu'homme dépourvu de volonté, il ne parviendrait pas à le faire de façon à impressionner les autres. De quels moyens s'agit-il ? S'il avait de la volonté, ce serait l'éloge, le drame, le drame de préférence, car le dramaturge est plus enclin à la vanité que l'écrivain. Sinon ce serait le café, le journal, la scène.

*

» Et voici ma conclusion — l'idée de tuer Vargas a surgi en fonction de l'occasion qui s'est présentée de le tuer, grâce à cette combinaison. Cela veut dire qu'il n'y avait pas *consciemment*, chez l'assassin, l'idée de tuer Vargas. L'occasion s'est présentée, et l'idée a fait surface. C'est pour cette raison que le criminel a sauté sur l'occasion, malgré toutes ses difficultés, malgré toutes ses absurdités.

» À quel type de criminels avons-nous affaire ? *Au criminel occasionnel avec préméditation.* Occasionnel, parce que c'est l'occasion qui a fait de lui un criminel ; avec préméditation, parce que ce crime (si crime il y a) est essentiellement prémédité — prémédité avec le plus grand soin et sans le moindre scrupule.

» Une fois arrivés à cette conclusion, nous pouvons nous représenter le déroulement de l'affaire Vargas dans ses détails réels. Nous pouvons voir, comme si nous l'avions effectivement vu, le déroulement des incidents partiels, dont l'ensemble a constitué ce crime.

» ... D'ailleurs, ce n'est qu'un homme doté de qualités remarquables, mis par les circonstances dans une situation de tension, et qui relâche cette tension grâce à un crime intelligent, se purgeant ainsi tout à la fois de la pression émotive et de la pression intellectuelle.

— Ce qu'il est, c'est un assassin, dit l'agent Guedes sur un ton acerbe.

Quaresma haussa les épaules.

— En partie... répondit-il sans plus.

CHAPITRE XIII

L'affaire Vargas

Pendant quelques instants personne ne parla. Enfin, souriant et cessant d'être attentivement distrait, le juge retira de sa bouche sa cigarette du moment d'une série apparemment ininterrompue.

— Votre démonstration, du point de vue logique, est tout à fait complète, docteur Quaresma. Une seule chose me pousse à hésiter à vous féliciter franchement. C'est que je ne sais pas très bien si j'ai entendu un raisonnement humain, ou l'exposition humaine du résultat du travail d'une machine à raisonner.

» En effet, poursuivit Fonseca, en se tournant de façon plus nette vers Quaresma qui souriait, je trouve quelque chose d'effrayant et de diabolique dans l'usage que vous faites de cette pauvre chose qu'est notre tête, qui, la plupart du temps, sert plus souvent à nous tromper lucidement qu'à parvenir à une quelconque conclusion véritable. J'ai l'impression d'avoir assisté à une sorte de prestidigitation extrêmement compliquée, avec la circonstance aggravante que, à mesure qu'elle s'accomplissait, elle me montrait de quoi elle était faite, et à la fin elle a été aussi stupéfiante que si ses engrenages avaient toujours été cachés. Je ne puis rien vous dire de plus, docteur Quaresma, et je ne puis rien vous dire de plus pour deux raisons : je ne sais que vous dire de plus pour commenter ce que vous venez d'exposer, et je ne sais que vous dire de plus pour vous féliciter.

Quaresma baissa la tête en souriant d'un air un peu confus.

— Encore heureux que j'aie réussi à faire ma démonstration d'une façon claire, au point, me semble-t-il, de vous avoir convaincu, monsieur le juge.

Le juge regarda à nouveau Quaresma avec le même sourire distrait, mais au fond de ses yeux qui souriaient surgit un second sourire, supplémentaire, inséré dans l'autre, et Quaresma, examinant les yeux de son interlocuteur, sembla, par une légère expression de ses sourcils, l'avoir remarqué.

— Docteur Quaresma, reprit soudain le juge, je vais vous dire une chose qui vous surprendra peut-être, mais dont je souhaite d'ores et déjà que vous ne pensiez pas qu'elle affecte en quoi que ce soit l'opinion, absolument sincère, que je viens de vous donner sur votre exposé.

» Vos arguments constituent une preuve logique absolue. (Le juge s'interrompit et sourit en élargissant un peu plus son second sourire.) Juridiquement, poursuivit-il, ils ne prouvent rien.

» Docteur Quaresma, vous m'avez démontré, par un procédé logique mais non informatif, que Carlos Vargas a été assassiné, et qui a été l'assassin de Carlos Vargas. Rien de plus, du point de vue juridique. Ce que je dois faire maintenant, moi, c'est vérifier si Custódio Borges a été l'assassin. Je le sais, et il faut que je voie si je le sais. Je le sais en tant qu'homme ; il faut que je voie si je peux le savoir en tant que juge.

— Je ne comprends pas très bien, dit Quaresma.

— Je vais vous l'expliquer, le coupa Fonseca. Vous avez fait une démonstration scientifique, c'est-à-dire appuyée sur des arguments, comme en mathématiques. [...]

» Mais des arguments ne constituent pas des preuves devant un tribunal, docteur Quaresma. Si, à la place de votre admirable démonstration, vous m'aviez trouvé un témoin qui aurait vu Borges sauter le mur de chez lui et prendre la direction de Benfica à telle heure de la nuit, et un autre témoin qui aurait vu Borges traverser le domaine Quinta Pequena, ces deux témoins, quoique beaucoup plus faibles du point de vue de la logique que le moindre de vos arguments, auraient beaucoup plus de poids devant un tribunal que toute votre argumentation, et même que tous les autres arguments de même nature que vous pourriez avancer tout au long de votre vie.

» Le problème est le suivant, docteur Quaresma : vous pensez de façon scientifique, et moi,

je pense de façon juridique. Votre argumentation convaincra tout le monde, sauf un juge.
N'importe qui, d'après votre argumentation,
reconnaîtra Borges comme coupable, sauf un
juge. Devant un tribunal, le plus maladroit des
avocats de la défense réduit à néant tous ces
efforts, qui sont plus qu'étonnants. Et il le détruit
avec un argument scientifiquement stupide, mais
juridiquement formidable : prouvez-le. "Prouver", dans ce cas, signifie "présenter des témoins
qui en fassent la démonstration". De toute évidence, docteur Quaresma, vous avez de grands
arguments, mais n'avez pas le moindre témoin.

» Permettez-moi d'ajouter la chose suivante :
je suis on ne peut plus convaincu, en tant
qu'homme, de la véracité de vos arguments. En
tant que juge, je suis comme j'étais avant de vous
entendre.

» Vous comprenez, docteur Quaresma : votre
intelligence est scientifique et non juridique.
Or, les causes sont jugées devant des tribunaux
et non dans des laboratoires. Ce qui fait foi en
logique n'est pas exactement ce qui fait foi lors
d'un jugement. Je ne dis pas que cela plaide
beaucoup en faveur de ma profession, ni des tribunaux, mais c'est ainsi.

*

» [...] Vous comprenez mon point de vue, docteur ?

— Je le comprends parfaitement. Il ne m'est pas venu spontanément à l'esprit, non que je ne puisse y penser, mais parce que mon instinct m'a seulement poussé à déchiffrer l'affaire Vargas et non, évidemment, à conduire le procès. Je n'ai pas pensé de la sorte.

— ... Bien entendu, parce que vous n'aviez pas à le faire. Mais pour nous, hommes de justice, c'est ainsi que se présente l'affaire.

Guedes :

— Mais comment cela se fait-il ? Est-ce qu'une argumentation sans la confession de l'accusé vaut quelque chose ? Si nous interrogeons l'accusé, avouera-t-il ?

— Vous avez là, docteur, un faux argument psychologique : avouera-t-il ou n'avouera-t-il pas ?

Quaresma sourit, et réfléchit un instant.

— S'il était pris de surprise, il avouerait ; autrement, il n'avouerait pas. Je vais vous dire. Ce Borges fait partie de la catégorie des intellectuels — à sa façon, et à son niveau, bien entendu — mais c'est un intellectuel et un homme chez qui la stratégie est un élément primordial, et c'est ce qui distingue, dans la catégorie des intellectuels, à un haut ou à un bas niveau, un philosophe d'un criminel pervers doué comme dans ce crime.

» Nous devons considérer qu'il se trouve en ce moment dans un état où sa volonté est sans méfiance. Tous ces derniers jours ont dû être pour lui des jours de terrible répression de l'émotion, d'un effort formidable de la volonté

152

sur l'émotion. Se jugeant maintenant hors de danger, sa volonté a dû baisser d'un cran, sa tension épileptoïde cesser de dominer. Maintenant, c'est le côté hystérique de sa personnalité qui prédomine. L'épileptoïde, qui forme la dureté et la volonté, est épuisé. C'est par là qu'il faut attaquer, s'il est possible de le faire.

» Or, il faut souligner que l'alibi de Borges est remarquablement complet. Mais notez que pour sa part il est sobre et peu expansif. Il a pris soin de ne pas exagérer les choses ; il s'est assuré le témoignage du veilleur de nuit à toutes fins utiles, mais lui, en ce qui le concerne, n'a dit les choses que sommairement. Cela, tout en étant l'indice d'une habileté remarquable, souligne une habileté plus que remarquable — un calcul exact et précis, qui sait jusqu'où aller et jusqu'où ne pas aller.

— Mais avouera-t-il ? demanda le juge en levant les sourcils. Il me semble trop malin pour tomber dans ce piège, et s'il sait quoi que ce soit sur la valeur d'un témoignage dans un jugement, j'ai quasiment la certitude qu'il n'avouera pas. C'est vrai… Vous, docteur Quaresma, qui avez si bien défini la mentalité de Borges, et qui vous en faites une idée si claire, vous devez pouvoir nous dire quelque chose à ce sujet… Est-ce que cet homme peut avouer ? Et si oui, dans quelles conditions avouerait-il ? Autrement dit, qu'est-ce qui peut l'amener à avouer ? Pouvez-vous nous éclairer là-dessus, docteur ?

— Oui, certainement. Comme je l'ai démontré, Borges est un faible, un nerveux qui a des réactions vives et rapides, et c'est un homme subtil et intelligent. Si on veut amener quelqu'un qui a ce genre de tempérament à avouer quelque chose, il n'y a qu'un moyen, qui est médiéval. C'est la torture.

Le juge sursauta. Il allait sourire, mais ensuite il rougit légèrement, en écrasant sa cigarette dans le cendrier.

— Nous ne sommes plus au Moyen Âge, dit-il.

Puis il fit une petite pause et reprit :

— Vous n'avez sans doute pas prêté l'oreille, docteur, à des histoires qu'on a pu raconter parci par-là, selon lesquelles on maltraite les prisonniers, pour les forcer à avouer, ici, dans cette chambre d'instruction. Cela...

Mais Quaresma l'interrompit, en souriant franchement.

— Cela ne m'a même pas traversé l'esprit, et je n'ai d'ailleurs rien entendu dire... Je vous ai répondu de façon directe. Le seul moyen pour obtenir des aveux d'un homme comme Borges, c'est la torture. Du fait qu'aujourd'hui il n'y a plus de torture physique, ou qu'il ne doit plus y en avoir, la seule solution est d'appliquer la torture mentale.

— La torture mentale ? Comment ça, la torture mentale ? Cela ne me plaît pas beaucoup non plus.

— Peut-être m'expliquerai-je mieux si je dis
« la torture intellectuelle ».

*

Le docteur Quaresma sourit, puis il fit le geste
de désigner le dessus de la table.

— Voici ce qu'est l'affaire Vargas.

[...]

» C'est la première fois de sa vie qu'il a ressem-
blé à un pigeon. Il est tombé comme un pigeon.

[...]

— Vous avez dit tout à l'heure, docteur, que
contre des arguments les faits n'existent pas.
Devant un tribunal, cependant, ni cette phrase
ni la phrase commune à laquelle vous avez opposé
celle-ci ne sont vraies. En justice, les faits et les
arguments forment un bloc, et c'est le témoignage qui — comment dire ? — qui donne forme
au bloc. S'il s'agissait seulement de me convaincre, l'affaire irait bon train, parce que je suis
pleinement convaincu de ce que vous avez dit.
Mais, en vous avouant ma conviction, je ne vous
parle pas en tant que juge d'instruction — et
l'affaire devrait être traitée par un autre juge,
celui qui présidera l'audience, et par le jury qui
sera là ; je ne vous parle qu'en tant que particulier, en tant qu'homme d'une certaine culture
qui vous a écouté avec beaucoup d'attention, et
je vous le dis avec la plus grande franchise, avec
une admiration totale.

Francisco da Fonseca à Quaresma :

— Je vous remercie… Je n'ai jamais été aussi humilié de ma vie, mais croyez bien que j'ai été humilié avec plaisir.

CHAPITRE XIV

Morue à la sauce Guedes

[...]

CHAPITRE XV

La déposition finale

— Mais c'est que... je devrais ouvrir ceci, dit Guedes, avec une brève hésitation.

Ensuite il remit l'enveloppe parmi les autres et fit le geste de continuer à la [...]... Il suspendit son geste un instant.

— Vous savez ce qu'il y a là-dedans, n'est-ce pas ?

Il y eut dans le regard de Borges un éclair d'incertitude.

— Oui, oui, plus ou moins. Je sais que c'est quelque chose qui m'appartient, qui vient de ma famille.

— Eh bien, je suis quelqu'un de discret et en qui on peut avoir confiance, dit Guedes. Il importe donc peu que je le voie.

Il prit l'enveloppe parmi les autres, tendit la main vers un coupe-papier qui était là à portée de sa main.

Quelque chose qui se rapprochait du cri sembla sortir du corps tendu de Borges. Guedes le regarda fixement, immobile, le coupe-papier sur l'enveloppe. Il vit un visage cadavérique, les yeux de quelqu'un de perdu.

Il introduisit le coupe-papier dans la partie supérieure de l'enveloppe et la déchira d'un seul coup. Il sortit un papier — un seul — qui était dedans et le déplia. C'était la déclaration du commandant Pavia Mendes selon laquelle il offrait vingt pour cent, etc., à qui lui apporterait ce papier.

L'agent Guedes fixa de nouveau Borges.

— Eh bien, c'est la seule chose qui me manquait. La déposition de votre voisin de la rue…, celui qui vous a vu sortir de chez vous par la porte de derrière. La déposition du garde municipal qui vous a reconnu à votre démarche comme étant l'homme qu'il a vu parler à Vargas au coin du chemin. La déposition du voisin d'Artur Ramalho qui était sur le point de s'endormir dans la chambre des Veiga quand vous vous êtes attardé — tout cela faisait déjà beaucoup, car la police est plus efficace qu'on ne le croit. Mais moi, je voulais que tout soit complet, et pour que ce soit complet, il fallait qu'on mette la main sur ce document. Vous avez fait les choses avec le soin de quelqu'un qui a mauvaise conscience, mais vous n'avez vraiment pas de chance. Partout il y a des témoins qui vous ont vu ; vous n'êtes allé nulle part qu'on ne vous ait vu sur les lieux […], n'est-ce pas ?

Borges, qui n'était pratiquement plus que l'ombre de lui-même, haussa les épaules.

— Il y a pourtant des choses qui ne sont pas claires. Quand vous m'avez dit que vous n'alliez pas à Porto aujourd'hui, je suis vite allé chercher le dossier. Mais maintenant tout est au complet. […]

[…]

*

— Vous allez nier, hein ? Allez, dites qui était l'homme à la barbe noire, hein ?

Mais, en même temps, dans un visible accès de tension nerveuse, de soulagement…

— À quoi bon nier, puisque vous savez tout ?… Mais continuez… ! Affirmez…

Guedes tendit soudain sa grande main gauche et avec une hostilité calculée, il l'abattit sur l'épaule de Borges qui, comme si cet attouchement le réduisait en cendres, s'effondra, abattu et tremblant, sur le siège de la chaise qui était derrière lui.

— Je vous arrête pour homicide volontaire, dit Guedes d'une voix forte et sévère. Vous allez encore nier ?

— Pour une raison quelconque que je n'ai ni la science ni l'intelligence de comprendre ou d'expliquer, la pensée et la sensibilité ne sont pas liées en moi. C'est peut-être pour cette raison que, ayant si souvent eu l'envie d'être un poète ou un artiste, je n'ai jamais réussi à le devenir. En moi, la plus violente émotion n'envahit pas la sphère de la pensée, et la pensée la plus intense n'envahit pas la sphère de l'émotion. J'ai toujours senti en moi deux individus — l'un qui pense, l'autre qui sent. Je vois presque dans mon esprit l'espace qui est ouvert entre les deux [...]

» J'avoue que j'ai un peu hésité, en mon for intérieur, y compris pour élaborer le plan lui-même. Il m'a semblé que j'étais en train d'élaborer un de ces plans que nous fait faire l'insomnie, si clairs dans le moindre détail, si bien agencés dans tous leurs éléments, et qui, une fois le moment de veille passé et le jour levé, s'évanouissent comme autant de choses absurdes dont il est incroyable que nous ayons pu oser les croire réalisables. Mais ensuite je me suis dit que, bien souvent, ces plans échafaudés quand on ne dort pas ne constituent pas à proprement parler une absurdité, mais quelque chose d'audacieux. Je me suis remémoré certaines choses pensées de la sorte, que je n'avais plus songé à faire par la suite, mais qu'en vérité un autre aurait pu réaliser. Je me suis dit que non seulement la réalité nous montre des obstacles, mais qu'elle nous ôte la volonté.

» L'expérience de la vie m'a montré que l'on ne doit jamais faire de plans détaillés ou trop concrets pour des occasions futures. Ce qu'il faut, c'est établir un plan général, abstrait, solidement appuyé sur ces simples lignes générales, des lignes générales qui sont tracées de façon à délimiter toutes les contingences, et ensuite, dans le détail de ce qui se présente, passer au concret en fonction de l'opportunité matérielle.

» Mon plan général consistait à toujours suggérer le mystère du suicide. Suggérer le mystère du suicide, c'est suggérer le suicide, mais c'est le suggérer implicitement. Je ne dirais pas : "S'est-il suicidé ?" ; je dirais : "Mais pourquoi donc se serait-il suicidé ?" Je n'affirmerais pas : je m'étonnerais. Je donnerais comme acquise, en l'insinuant de la sorte, l'idée du suicide ; mais je m'en étonnerais, pour qu'il soit toujours présenté comme étant affirmé par quelqu'un d'autre ; et je créerais un problème, un mystère, qui aurait l'attrait de tous les mystères et de tous les problèmes.

» C'est le problème psychologique qui domine l'humanité. La plupart des médisances consistent habituellement à parler du caractère psychique des autres. Il est plus facile d'attirer avec le problème psychologique de "Pourquoi donc se serait-il suicidé ?" qu'avec le problème purement matériel, "Pourquoi est-ce qu'on l'aurait tué ?", si ce dernier pouvait être posé, ou s'il me convenait de le soulever.

» J'ai eu l'idée de prendre une attitude vis-à-vis des personnes intelligentes, et une autre vis-à-vis des moins intelligentes. Mais comment, de but en blanc, saurais-je distinguer, chez des gens vus pour la première fois, et dès le premier instant, s'ils étaient ou non intelligents ?

» Il est une qualité que je possède, même si je n'ai que celle-là. Je suis d'un sang-froid mental absolu. Je peux bouillir de haine, frémir de désir, trembler de peur. Je ne perds pas le contrôle de moi-même ni de mes gestes ; je ne suis obnubilé par rien quand j'observe ; je ne fais jamais de faux pas. Chose curieuse, même si je suis très ivre, il ne m'arrive jamais ni de trébucher ni de bégayer. Et, en plein cirage, si je ne dis pas des choses sensées, je ne dis en tout cas jamais ce que je ne veux pas dire. Cela n'a rien à voir avec la force de volonté : c'est une chose naturelle, qui vient de mon tempérament.

» Mon principal souci, ou, plutôt, mes deux principaux soucis étaient de faire croire qu'il s'agissait d'un suicide, et d'écarter de moi tout soupçon, si léger fût-il. Dans ce but, je savais dès le début, au moins, ce qu'il ne fallait pas que je fasse. Il ne fallait pas que je suggère un suicide. Une insistance sur le suicide, même si je ne faisais que l'insinuer, me rendrait suspect, ou, du moins, tendrait, en des moments difficiles, à me rendre suspect. Et une fois suspect, qui pourrait prévoir la suite, parce qu'il est bien possible que dans les fables policières le fait d'être suspect revienne à ne pas être suspecté, mais il n'en va pas de même dans la vie.

» Je me suis posé le problème suivant : est-ce que je peux amener la police à croire à un suicide, sans l'amener à soupçonner, de quelque façon que ce soit, que j'avais intérêt à le lui faire croire ?

» Dès le début, l'affaire était pratiquement orientée de façon à faire penser à un suicide. Mon premier mouvement, qu'il me fallait rendre absolument convaincant, était de ne pas pouvoir croire qu'il s'agissait d'un suicide. Ensuite, une fois que les autorités médicales auraient constaté qu'il s'agissait d'un suicide, mon attitude consisterait à marquer ma stupéfaction, et à compliquer le problème soulevé par un suicide dans de telles conditions.

» Et à partir du moment où je présenterais le suicide comme un problème ou un mystère, l'affaire serait conclue, et, plus l'enquêteur serait intelligent, plus ce serait facile. Il est toujours plus facile de manipuler l'esprit d'un homme intelligent que celui d'un imbécile. La preuve est pour moi récente : ni le docteur Quaresma ni le juge d'instruction ne m'auraient pris en défaut comme l'a fait l'agent Guedes...

» L'attrait d'un mystère est plus fort que tout.

» Le tout début des crimes est parfois quelque chose d'impondérable. Peut-être que si Carlos Vargas ne m'avait pas traité avec cet air supérieur d'autant plus insultant qu'il n'était pas délibéré, avec ce semi-mépris qui était pire que le mépris total — car dans ce dernier il y aurait au moins quelque chose — avec plus d'attention —, l'idée de l'homicide ne me serait même pas venue à l'esprit, ni en rêve ni en pensée. Je me souviens que, quand cette idée m'est venue à l'esprit, j'ai ressenti un plaisir qui, apparemment, n'avait rien à voir avec l'idée elle-même, qui avait un but concret, utilitaire, et excluait tant le plaisir que la commisération. Me voici maintenant enfermé dans une prison, malade, dégradé, avec la certitude de la peine la plus lourde et de l'exil. Eh bien, je le répète : je me repens de l'inutilité de tout le crime ; mais pour ce qui est du crime lui-même, je ne m'en repens pas.

» Ma première pensée a été de faire en sorte que l'assassinat passe pour avoir l'air d'un suicide. Mais, après réflexion, je me suis dit que, même si je réussissais à l'appliquer parfaitement dans la pratique, ce procédé présenterait un grave inconvénient, facile à comprendre pour un psychologue qui ne serait pas superficiel. Une fois qu'on douterait du suicide — et quelqu'un pourrait en douter —, l'hypothèse du crime serait envisagée, et une fois que l'hypothèse du crime serait envisagée, on se trouverait engagé sur une voie dont on ne pouvait savoir avec certitude jusqu'où elle pourrait nous mener. Non : le plus simple était de concocter un suicide qui ressemblerait à un assassinat, pour qu'une enquête plus poussée découvre que le crime apparent était un "vrai" suicide ; plus personne ne penserait qu'il s'agissait d'un assassinat, plus personne ne douterait qu'il s'agissait d'un suicide. Nous avons renoncé à notre première idée ; nous n'avons pas renoncé à la seconde. La vanité humaine peut céder dans le sens où elle pourrait se remettre en question ; elle est trop forte pour que l'on puisse remettre en question ce qui a déjà été remis en question. Nous pouvons nous éloigner de la première impression ; nous ne nous éloignons pas de la seconde.

» Non seulement les circonstances étaient favorables à mon projet latent, mais elles le rendaient positivement réalisable dans toute sa plénitude. Quoi de plus extraordinairement en accord avec ce que je voulais qu'un suicide au milieu d'un chemin ! Tout le monde constaterait qu'il s'agissait d'un crime ; ensuite, tout le monde se dirait, après réflexion, en reconsidérant les faits, qu'il s'agissait d'un suicide. Hormis ce à quoi j'avais déjà pensé, cela ajoutait le fait que ce qu'il y avait de plus mystérieux, c'était qu'il s'agisse d'un suicide, là, à cette heure, en ces lieux. L'infaillible romantisme humain amènerait tout le monde à penser de préférence à un suicide, du moment qu'il semblait probable que c'en était un, plutôt que de penser à un crime, car il y avait un plus grand mystère du côté du suicide.

» J'ai toujours eu, comme qualité naturelle et constante, une grande froideur d'esprit, et un grand calme pour penser. N'étant pas courageux, et ne m'imaginant pas l'être, j'ai tout de même la curieuse qualité de ne pas laisser mon esprit vagabonder à cause du risque encouru — je dirais même plus, à cause de la peur. Je peux trembler comme une feuille : je pense toujours comme une lame d'acier.

» J'étais calme — d'un calme qui finissait par m'irriter, tant il était factice et en même temps naturel.

» J'ai pris chez moi quatre volumes — des gros — de l'*Histoire du Portugal* de Pinheiro Chagas. J'ai pénétré avec dans le bureau — les laisser là était une bonne raison pour y retourner de nuit, pour le cas où quelqu'un me verrait ou s'y intéresserait. Je suis sorti avec le pardessus et d'autres choses dans le sac de voyage de mon patron. Je reviendrais le lendemain matin avec le tout ; j'emporterais les quatre volumes. Il fallait que je les remette à quelqu'un. Je les laisserais au Café Montanha, où je suis connu, en demandant qu'on me les garde. Ainsi, mes deux allées et venues au bureau seraient justifiées. Quant au sac, personne n'y ferait attention. D'ailleurs, il ne manquerait pas le moindre sac au bureau.

*

» … comme si ma stupéfaction se dressait devant moi et que je voyais soudain, très clairement, la scène du crime.

» Je ne sais pourtant pas bien dire ce que j'ai subitement compris en moi. Jamais, jusqu'à ce moment-là, ne m'était passée par la tête l'idée de tuer Vargas. J'avais d'abondantes raisons de me plaindre, mais il y avait toujours en moi quelque chose de vague. Une certaine mobilité de mon tempérament faisait que je n'avais pas plus tôt pensé aux offenses subies que je les oubliais. On eût dit parfois que je les oubliais au moment même où elles m'affectaient. Ce jour-là, toutefois, ce que j'ai ressenti n'a pas été la brusque intention de tuer Vargas, comme si c'était quelque chose de nouveau. Non : je sentais que j'avais enfin l'occasion de réaliser une chose que je souhaitais faire depuis longtemps, comme si l'idée de tuer Vargas logeait depuis longtemps, cachée ou déguisée, dans quelque recoin de mon esprit. Je l'ai ressenti rétrospectivement, en revenant en arrière : j'ai senti que j'avais toujours voulu tuer Vargas, sans l'avoir senti ni su.

» J'en fus stupéfait mais non ému — regardant en moi comme j'aurais regardé un paysage quelconque, découvert sous la mer au sortir d'un virage de la route. Et dès lors, automatiquement — je veux croire qu'à l'instant même où je m'analysais de la sorte — j'ai commencé — moi, ou un autre moi — (mais devrais-je dire commencer ou continuer ?) à élaborer dans ses futurs détails la mort de Vargas.

» Je me suis senti dépersonnalisé. Ce n'était même pas comme si j'étais en train d'élaborer la trame ou l'intrigue d'une pièce de théâtre. Il y aurait eu là plus d'enthousiasme. J'étais plus engourdi, comme dans l'insomnie quand on a envie de dormir et que l'esprit veille, enveloppé par le sommeil du corps, comme une lumière avec l'ombre de la table par terre. Cela m'a fait tout au plus vaguement de la peine de penser de la sorte — mais je ne sais pas pourquoi.

» Cependant, comme si je pensais et voyais séparément, j'ai vu se dérouler dans mon imagination le film du crime. Je semblais voir de façon prophétique ce qui allait se passer sans que j'agisse plutôt que planifier ce que j'allais moi-même mettre à exécution. Normalement, cette attitude est celle des *minus habens*, condamnés dès leur naissance à ne jamais faire un geste simplement parce qu'il faut commencer à le réaliser. Mais, tout en pensant cela, je ne le pensais pas. Quelque chose d'obscur me disait que cela n'avait rien à voir avec les imaginations de l'insomnie, impraticables à la lumière du jour en raison d'un manque d'audace et de volonté complexe. Un mouvement hésitant en moi semblait m'emporter, comme si j'avais été dans un train, hésitant mais en marche, vers une réalisation inévitable, facile, imposée à mon absence de volonté par la volonté supplémentaire du destin.

» J'ai fini par m'unifier (comme si ce qui s'était élaboré passivement dans la pénombre apparaissait, éveillé et complet à la lumière du soleil).

» Je me suis mis à me demander comment, dans la pratique, réaliser ce que j'avais l'intention de faire. Mon cerveau était lucide comme s'il avait été celui de quelqu'un d'autre. Non que je ne sois habituellement peu lucide ; je ne puis cependant pas décrire d'une autre façon la lucidité que je ressentais alors. Ce n'était pas une lucidité anormale : c'était la lucidité de quelqu'un d'autre.

» Je me suis mis à considérer les dangers et les difficultés de ce que je voulais faire. Mais — chose curieuse ! — les dangers ne m'apparaissaient pas comme des choses à redouter, mais simplement comme des choses à éviter ; et les difficultés me faisaient l'effet d'épisodes d'un film quelconque, purement mental. J'en suis venu à me demander, vaguement, dans l'intervalle de je ne sais quoi, si je n'étais pas fou ; mais je me suis presque senti sourire, apaisé, en sentant tout mon être glisser aisément et involontairement sur un plan incliné sans aspérités. Je me suis souvenu d'une expérience déjà ancienne, au cours de laquelle, à plusieurs reprises, j'avais eu cette forme de médiumnité que l'on dit écrivante — l'écriture automatique... Tout mon esprit se retrouvait maintenant comme alors dans mon bras droit, un peu insensible, m'appartenant encore un peu, mais aérien, rapide, doué de personnalité.

» Je suis resté dans cet état confus de clarté je ne sais combien de temps. Quand on est dans cet état d'esprit, le temps n'est pas un élément que l'on puisse appréhender. Quand, comme lorsqu'on se lève, j'ai émergé de ces méditations en pensée, j'ai constaté que quelqu'un — moi-même, peut-être — avait déjà élaboré à ma place, tandis que je musardais, le plan complet du crime.

» Ce plan m'est apparu d'une façon étrange, essentiellement visuelle — sous la forme de vêtements déjà vus, de rues déjà vues, de maisons, de coins de rues la nuit, du veilleur de nuit, de mon propre retour final chez moi, où la lumière du gaz brûlait encore, une fois tout consommé.

» Je ne vais pas détailler le plan. Il sera clairement exposé dans les détails de son exécution. En d'autres termes : en racontant comment je l'ai exécuté, je montrerai ce qu'il était, et je n'aurai pas besoin de dire deux fois la même chose. D'ailleurs, il n'y a pas eu la moindre divergence entre le plan et son exécution. Je l'ai bien médité, et il ne s'est pas présenté une seule circonstance accidentelle et imprévue qui m'oblige à modifier, sur le moment, le moindre détail de ce que j'avais prévu de faire.

» Mon patron avait rangé en bas, dans son bureau, dont j'étais l'un de ceux qui avaient les clefs, un pardessus foncé, fait dans un très beau tissu, des guêtres, des gants, un chapeau mou foncé, et un petit sac de voyage. Il avait d'autres pièces de vêtements, mais celles-là, je ne les avais pas vues dans mon imagination, car je voyais spontanément ce dont j'avais besoin. J'avais chez moi des lunettes non graduées qui m'avaient servi une fois au théâtre. Des moustaches noires, que j'avais eues pour la même raison, complétaient l'apparence extérieure avec laquelle je devais rencontrer Vargas à Benfica. Ma stature et ma corpulence différaient de celles de mon patron d'une façon insignifiante.

*

» La tactique utilisée par l'agent Guedes pour m'attraper est un exemple de la déplorable supériorité de la ruse sur l'intelligence dans les moments extrêmes, de forte tension. Je ne crois pas que le docteur Quaresma, qui a eu l'intelligence de me deviner, aurait eu, sans que je le veuille, l'intelligence de l'emporter sur moi.

*

Il convient peut-être d'ajouter à cette déposition finale une brève note, pour compléter ce récit. En ce qui concerne l'invention du commandant Pavia Mendes, on finit par prouver qu'elle comportait une erreur tendancieuse sur l'un de ses deux points principaux. L'autre point était juste, mais il avait déjà été inventé, un an plus tôt, et à peu de chose près, par M. José Branco. Il s'ensuivit que l'invention de Pavia Mendes n'était pas commercialisable.

COLLECTION FOLIO

Composition Nord Compo
Impression Novoprint
à Barcelone, le 9 janvier 2014
Dépôt légal : janvier 2014
1er dépôt légal : septembre 2012

ISBN 978-2-07-044296-6./Imprimé en Espagne.